U0551556

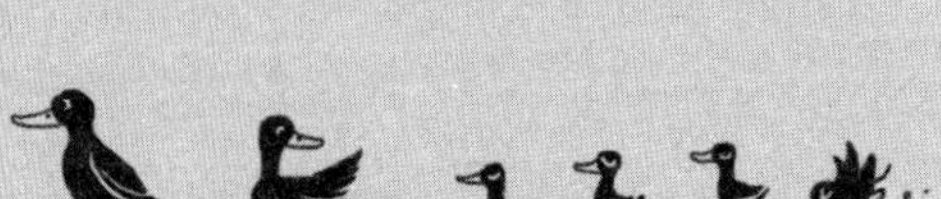

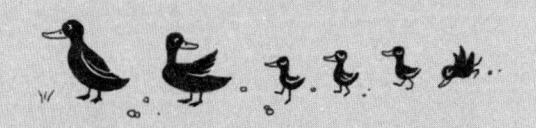

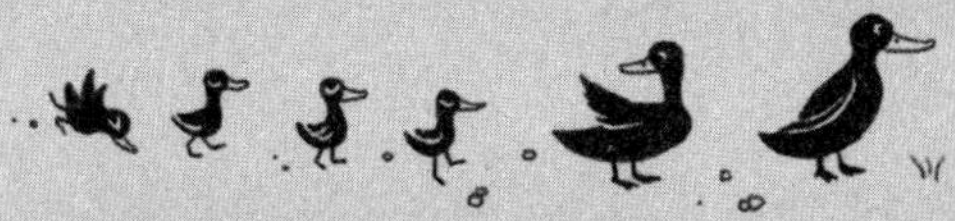

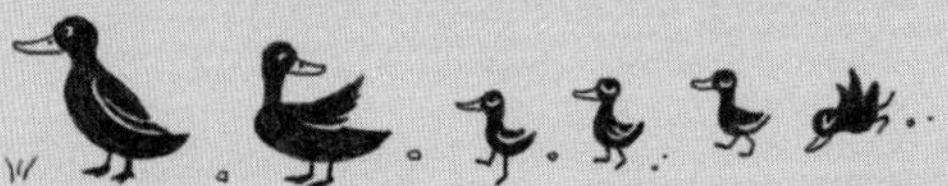

台語故事有聲韻詩

阿烏會學游
A-oo Ē Oh Iû

王秀容 著

林芫瑄 繪

克漏字學習單 QR Code
下載連結：https://reurl.cc/7KNXdD

予阮阿母　王周金女
予我自細漢自在閣自由

目錄

音韻詩播送清單　應答短文播送清單

自序　阿烏會學游　自在閣自由 ················· 008

1. a ··· 012
阿媽蹛佇花蓮的庄跤　A-má Tuà tī Hua-liân ê Tsng-kha

2. oo ··· 020
阿烏去散步　A-oo Khì Sàn-pōo

3. e ··· 030
阿姊學手藝　A-tsé Oh Tshiú-gē

4. o ··· 042
阿婆飼鵝　A-pô Tshī Gô

5. i ··· 056
阿義踅夜市　A-gī Sėh Iā-tshī

6. u ··· 066
阿舅捾豆油　A-kū Kuānn Tāu-iû

7. ai ·· 080
阿海愛賣菜　A-hái Ài Bē Tshài

8. au 092
阿孝勢飼狗　A-hàu Gâu Tshī Káu

9. iau 104
鳥鼠佮貓　Niáu-tshí Kah Niau

10. io 118
搖啊搖過吊橋　Iô ah Iô Kuè Tiàu-kiô

11. im 128
阿欽彈琴　A-khim Tuânn Khîm

12. in 140
郭敏有品無過敏　Kueh Bín Ū-phín Bô Kuè-bín

13. ing 154
阿清阿靜上興冰豆奶　A-tshing A-tsīng Siōng Hìng Ping Tāu-ling

14. m 162
敢是阿姆？　Kám-sī A-ḿ?

15. ng 170
阿黃佮阿阮　A-n̂g kah A-ńg

16. ann onn enn inn unn 184
紅豆餡　Âng-tāu-ānn

17. am iam ········· 198
金含和鹽　Kim-kâm Hām Iâm

18. an ian ········· 210
阿安阿燕感動天　A-an A-iàn Kám-tōng Thian

19. ang iang ········· 222
外行翁掠蜂假煬　Guā-hâng Ang Lia̍h Phang Ké-iāng

20. ap at ak ah ········· 232
鐵盒漆漆四角有合　Thih-a̍p Tshat Tshat Sì-kak Ū Ha̍h

21. ip it ik ih ········· 244
著急必定玉變鐵　Tio̍h-kip Pit-tīng Gi̍k Piàn Thih

22. ooh oh ········· 254
喔！請同學！　Ooh! Tshiánn Tông-o̍h!

23. om ong onn op ok ········· 262
草仔茂茂茂　Tsháu-á Ōm-ōm-ōm

24. un uan uann uang ········· 270
阿恩阿遠換心意袂閣嚨　A-un A-uán Uānn Sim-ì Bē Koh Uang

25. ia mia nia ngia iann ········· 282
阿娘迎媽祖　A-niâ Ngiâ Má-tsóo

自序

阿烏會學游　自在閣自由

　　這本冊是文學冊。我的思考攏是對台語文學出發，才想看欲按怎予讀者自學、教學、認證、競賽。自在使用，自由選擇。

　　音字是台語的鎖匙，特別是台羅拼音系統若有夠熟，就會當享受台語的嫷佮趣味。毋過有當時仔，若像會曉講，煞無夠精確呢！所以我才會想欲出這本音韻詩，陪伴有緣的人共台語音舞予清楚。

　　冊名叫做《阿烏會學游》正是咱台語的六个主韻母「a-oo-e-o-i-u」。照發音的響度大細的順序，我有編一个故事，嘛是標調號位置的口訣，「a 上大，阿烏會學游，烏糖园頭前，游對後壁去」。故事咧講「阿烏皮膚烏烏，是一个古錐囡仔，去學游泳。獎品是烏糖，囥佇頭前，啊伊哪會游去後壁咧？」逐擺等我共短短的故事講了，學員就已經共台羅標調號的原則記起來矣，閣袂拂毋著去。有故事的學習，好耍閣好記。

　　這本故事音韻詩攏總有 25 篇，照台羅音韻系統的順序，全韻字鬥句，寫我家己感覺趣味的故事。第 1 到第 6 篇是單韻母 a、oo、e、o、i、u；第 7、第 8 篇是雙韻母 ai、au 來共音發予滿，莫貪惰；第 9 篇 iau 說明拼音原理愛對後壁去掠頭前；第 10 篇是欲予北部腔講凡講，若欲寫 o 袂當予 oo 騙去；第 11、12、13 篇是三个鼻音 m、n、ng，欲予逐家體會佮判斷『合起來、上、下』、『合起來、小、大』的四組發音位置的系統佮規律，嘛欲予入聲韻做準備；第 14、15 篇是提醒鼻音內底的 m、ng 會當做韻母；第 16 篇是咱台語足特別的鼻化韻 ann、onn、enn、inn、unn；第 17、18、19 篇是練習共介音 i 發予清楚；第 20、21 篇是入聲 p、t、k、h；第 22 篇是入聲韻 h 有分 ooh 佮 oh；第 23 篇是欲予讀者慣勢省略一粒『o』的複合音；第 24、25 篇是學台羅拼音的時，誠濟人發袂穩的音，欲予你的舌佮鼻仔通較伶俐咧。共這 25 首詩好好仔聽音檔練習，發音的位置佮氣流的行徙掠予清楚，發音會較精確，閣較有自信。

　　這 25 篇故事是詩，是歌，嘛是唸謠。閣攏有鬥句，欲予讀者讀起來若咧唱歌順順順。語文的學習愛要意精確，出這本冊的本意是欲幫助逐家聽音、辨音、記音、發音，一理通萬理徹。逐个音會當閣較自然，閣較滑溜咧，毋是清彩發、用準的。這本冊嘛是故事冊，一个音有一个主角，故事內底攏有藏女性的形影，攏會當融入「十二年國民教育素養教學課程綱要」的十九項議題。每一篇攏有我錄的音檔，逐篇掃 QR Code 我就唸予你聽。

我創作的時，心內想的攏是台語、文學、教學、認證佮競賽，我驚詩的漢字無夠、傷短，所以有「全台羅」對照，欲予逐家體會音韻的趣味、音字的對應，嘛欲予逐家練拼音、拼寫佮連結符按怎用。逐篇有十個「語詞註解」，會使耍音字聽寫、練習造句佮口語表達；有「華台英袂花去」的字圖典、「華台英三語俗諺快譯通」，會當予你多元語言學習；有「問題討論」，通予你語文競賽抑是認證考試做練習；有對應第一條提問的「應答短文」，用散文書寫秀容觀察的時事、故事佮心事，就是共恁當做朋友咧開講的意思。閣有懸層次的挑戰，記漢字上好用的「漢字克漏字」，嘛有大挑戰的「台羅克漏字」。共音檔的速度調予好勢，家己練習抑是提來教學佮評量，攏通百面用。開店毋驚人大食，主編講：「傷濟矣啦！」我講：「詩的本文」共排予古錐，賰的攏通掃 QR Code 在人掃、在人佮意。

　　感謝阮查某囝林芸瑄小姐，國立臺北藝術大學美術系畢業的青春藝術家替這本冊畫插圖。每一首詩設計四幅圖，共故事連結起來，所以會使用來練情境演說佮看圖講話。逐篇「音字袂花去」的語詞，會用小圖予恁看圖分辨音字。台語媠閣趣味，予台語冊有音、有字、有圖、有藝術味，看著冊就歡喜，逐工都想欲講台語。

　　感謝文化部予我補助，我才有機會出第三本冊為台語文拍拚。感謝前衛出版社林文欽社長的支持、鄭清鴻主編的專業編輯，足濟文本、資料佮音檔連結幼路的工課，有主編佇咧就無問題。感謝恩師李勤岸教授做這本冊的顧問，予我閣較有信心，伊是我寫作的燈塔。感謝守／酒台語社的先輩佮沙龍晤的兄姊，有幾篇我捌唸予個聽過，多謝個予我寶貴的建議。感謝頂真的國賽音字金牌得主顧怡君老師陪我校稿。感謝故事內底的親情五十佮好朋友，恁予我生活豐富有故事。逐篇故事攏有後壁的故事。感謝親愛的阿母、勻我的兄姊、老實的翁婿佮兩个貼心的寶貝查某囝。「阿烏會學游」的原型是阮翁肉烏烏，伊煬講太平洋是伊的游泳池，阮查某囝彼陣嘛拄好咧學泅水。人生就是按呢，每一項記持攏有可能成做文學書寫的趣味。咱做伙來熟手音字，聽出語意，講出幼膩，讀出文味，寫出心意，做伙傳承台語文的媠佮趣味！

王秀容
2024.7.20 指南山城

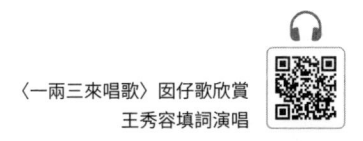

〈一兩三來唱歌〉囡仔歌欣賞
王秀容填詞演唱

1.a ....

阿媽蹛佇花蓮的庄跤

阿媽蹛佇花蓮的庄跤
後壁埕有飼六隻烏鴨
頭前埕有種三欉芋仔
閣有大欉樹仔好蔭影
樹頂飛來十隻烏鴉
對天光透早[1]到日頭落山
不時都咧 啊 啊 啊

烏鴉誠實有夠吵
吵甲阿媽氣掣掣[2]
攑[3]來鳥擗[4]欲共嚇[5]
相準烏鴉欲共彈

彼時烏鴨行倚[6]伊的跤
阿媽毋但拍著驚
家己的跤煞踏著烏鴨的跤
踏甲烏鴨連紲[7]叫六聲
樹頂的烏鴉嚇著驚 隨喝 啊 啊 啊
逐隻飛甲無看見影

1. a | 阿媽蹛佇花蓮的庄跤

A-má Tuà tī Hua-liân ê Tsng-kha

A-má tuà tī Hua-liân ê tsng-kha,
Āu-piah-tiânn ū tshī la̍k-tsiah oo-ah,
Thâu-tsîng-tiânn ū tsìng sann-tsâng ōo-á,
Koh ū tuā-tsâng tshiū-á hó n̂g-iánn.
Tshiū-tíng pue lâi tsa̍p-tsiah oo-a,
Uì thinn-kng thàu-tsá kàu ji̍t-thâu lo̍h-suann,
Put-sî to teh ah ah ah.

Oo-a tsiânn-si̍t ū-kàu tshá,
Tshá kah a-má khì-tshuah-tshuah.
Gia̍h lâi tsiáu-phia̍k beh kā hánn,
Siòng tsún oo-a beh kā tuānn.

Hit-sî, oo-ah kiânn uá i ê kha,
A-má m̄-nā phah-tio̍h-kiann,
Ka-tī ê kha suah ta̍h-tio̍h oo-ah ê kha,
Ta̍h kah oo-ah liân-suà kiò la̍k siann.
Tshiū-tíng ê oo-a mā tio̍h-kiann, suî huah ah ah ah.
Ta̍k-tsiah pue kah bô khuàinn iánn.

呱 呱 呱 呱 呱 呱
趕趕趕　趕趕趕
阿媽趕鴨去後壁埕
紲落　踏入灶跤[8]　喝欲啉茶止喙焦[9]

阿媽茶啉煞　目睭一下看
哎喲喂啊
六隻烏鴨無人看
哪會閣走來頭前埕
才一觸久仔[10]
慘矣　烏鴨共三欉芋仔食甲焦焦焦

這聲
阿媽是欲按怎較好啊？

1. a ｜阿媽蹛佇花蓮的庄跤

Kuā kuā kuā, kuā kuā kuā,

Kuánn kuánn kuánn, kuánn kuánn kuánn,

A-má kuánn ah khì āu-piah-tiânn,

Suà--lȯh, tȧh jip tsàu-kha, huah beh lim tê tsí tshuì-ta.

A-má tê lim suah, bȧk-tsiu tsı̇t-ē khuànn,

Ai--iō-uê--ah,

Lȧk-tsiah oo-ah bô lâng khuànn,

Ná ē koh tsáu lâi thâu-tsîng-tiânn?

Tsiah tsı̇t-tak-kú-á,

Tshám--ah, oo-ah kā sann-tsâng ōo-á tsiȧh kah ta-ta-ta.

Tsit-siann,

A-má sī beh án-tsuánn khah hó--ah?

016 A-oo Ē Óh Iû ｜阿烏會學游

語詞註解

1. 透早：thàu-tsá，大清早、七早八早。
2. 氣掣掣：khì-tshuah-tshuah，怒氣沖沖。
3. 攑：giáh，舉、抬。
4. 鳥擗：tsiáu-phiák/phiak，彈弓。
5. 嚇：hánn，恐嚇、嚇唬。
6. 倚：uá，貼近、靠近。
7. 連紲：liân-suà，連續、接連不斷。
8. 灶跤：tsàu-kha，廚房。
9. 喙焦：tshuì-ta，口渴。
10. 一觸久仔：tsit-tak/táu-kú-á，一會兒、一下子。

華台英 俗諺俚語譯通

台 豬頭毋顧，顧鴨母卵。
Ti-thâu m̄ kòo, kòo ah-bó-nn̄g.

華 本末倒置。

英 Don't put the cart before the horse.

1. a ｜阿媽蹛佇花蓮的庄跤

華台英
音字袂花去

烏鴨
oo-ah
a black duck
黑色鴨子

芋仔
ōo-á
a taro
芋頭

烏鴉
oo-a
a crow
烏鴉

喝
huah
to say; to ask
喊叫

啉
lim
to drink
喝

A-oo Ē Oh Iû｜阿烏會學游

問題討論

1. 你喙焦的時較愛啉啥物？為啥物？

2. 你較佮意蹛都市抑是庄跤？為啥物？

3. 你敢有心愛的物件予人舞丟去的經驗？請講出情形佮想法。

應答短文

滾水佮茶米

　　我喙焦的時較愛啉滾水、茶米茶抑是果汁，其中我上愛啉滾水。

　　有人講滾水白淅無味，毋過我感覺上單純、上讚。水四界攏有，閣俗，揹仔內底若紮一支茶鈷，喙焦就通揤飲水機入水啉。閣因為我教冊佮興趣的工課定定愛用著嚨喉，拉圇仔燒的滾水，半燒冷仔半燒冷上拄好。因為有滾水潤喉，到今我的聲音閣保持甲袂䆀。

　　我嘛會啉茶米茶，伊無啥方便閣淡薄仔貴，上興毋過無逐工啉。我佮意彼款苦甘仔苦甘、順喉的滋味。啉著高山茶米，人隨飛去懸山 1500 米，規個人會予大自然的美景箍入去。

我嘛誠愛啉果汁，因為我是果子國的。食飯飽，規盤的果子照常共推落去，才會感覺五臟六腑有平衡。有當時仔無閒規工，無食著果子閣會數念呢！所以我定定點果汁來啉。毋過聽健康專家講果汁攏糖較濟，嘛警告講我這款定定拍電腦、坐鬱過久的，愛撙節好勢。酸微仔酸微的果汁會礙胃溢刺酸，我驚無踏擋仔，會變成惱氣的火燒心，只好改改咧較規氣。

　　所以，遮改遐改，改甲賰滾水佮茶米茶啦！單純的滾水，啉久嘛甘甜。自然、方便上歡喜。啊若欲體會人生的苦甘仔甜，當然嘛是啉茶米。看心情佮環境啦！我兩項攏佮意。

2.oo ············

阿烏去散步

阿烏是查埔　生做古錐人忠厚
頭毛烏烏烏　目眉粗粗粗
鼻仔啄啄啄　目睭小可烏輪箍[1]
做人有禮數　袂驕傲　袂甕肚[2]
做事會食苦　袂糊塗　袂粗魯
伊袂共人唬[3]　伊會共人照顧

阿烏愛運動　定定穿短褲
跤肚練甲有硞硞[4]
腹肚精肉束束束
手肚練甲攏 má-sooh
皮膚曝甲烏烏烏
伊的本名叫阿虎
毋過虎字聽著粗魯閣恐怖
變做霸王賊寇顛倒惱[5]
前途烏暗就艱苦
叫伊偏名阿烏正是好步數

阿烏肉烏有緣故　毋過絕對無苦楚

A-oo Khì Sàn-pōo

A-oo sī tsa-poo, senn tsò kóo-tsui lâng tiong-hōo.
Thâu-mn̂g oo-oo-oo, ba̍k-bâi tshoo-tshoo-tshoo,
Phīnn-á tok-tok-tok, ba̍k-tsiu sió-khuá oo-lián-khoo.
Tsò-lâng ū lé-sòo, bē kiau-ngōo, bē àng-tōo.
Tsò-sū ē tsia̍h-khóo, bē hôo-tôo, bē tshoo-ló͘.
I bē kā lâng hóo, i ē kā lâng tsiàu-kòo.

A-oo ài ūn-tōng, tiānn-tiānn tshīng té-khòo,
Kha-tóo liān kah tīng-khok-khok,
Pak-tóo tsiann-bah sok-sok-sok,
Tshiú-tóo liān kah lóng má-sooh,
Phuê-hu pha̍k kah oo-oo-oo.
I ê pún-miâ kiò A-hóo.
M̄-koh Hóo--jī thiann tio̍h tshoo-ló͘ koh khióng-pòo,
Piàn-tsò pà-ông tsha̍t-khòo tian-tò ló͘,
Tsiân-tôo oo-àm tō kan-khóo.
Kiò i phian-miâ A-oo tsiànn-sī hó pōo-sòo.

A-oo bah oo ū iân-kòo, m̄-koh tsua̍t-tuì bô khóo-tshóo.

伊愛中晝走相逐
若像猛虎伐⁶大步
雄　強　勇
人攏逐伊逐袂著　慢伊幾若步

阿烏閣愛五姑毳⁷伊去散步
五姑蹛佇新北五股的大路
嘛佇三重埔開一間店舖賣菜脯⁸
阿烏張欲像同學捷出國
五姑講先顧腹肚才顧佛祖
咱無法度　咱無出國這途
先捌臺灣才是第一步

五姑就毳阿烏
去草埔仔逐烏兔　挽紫蘇
去田裡看人掘芋兼挖塗⁹
去菜市仔買香菇
買魚脯　買肉酥　買烏醋　買豆酺　買茶鈷¹⁰
去文教機構看戲聽講古
學舞步　學畫圖　學做壺　學摃鼓
去動物園看臺灣烏熊
看山貓石虎　看孔雀

I ài tiong-tàu tsáu-sio-jiok,

Ná-tshiūnn bíng-hóo huah tāu-pōo.

Hiông, kiông, ióng.

Lâng lóng jiok i jiok bē tioh, bān i kuí-nā pōo.

A-oo koh ài gōo-koo tshuā i khì sàn-pōo.

Gōo-koo tuà tī Sin-pak Gōo-kóo ê tuā-lōo,

Mā tī Sann-tîng-poo khui tsit-king tiàm-phòo bē tshài-póo.

A-oo tiunn beh tshiūnn tông-oh tsiap tshut-kok,

Gōo-koo kóng, "sing kòo pak-tóo tsiah kòo Put-tsóo,

Lán bô huat-tōo, lán bô tshut-kok tsit-tôo,

Sing bat Tâi-uân tsiah sī tē-it pōo."

Gōo-koo tō tshuā A-oo

Khì tsháu-poo-á jiok oo-thòo, bán tsí-soo;

Khì tshân--lí khuànn lâng kut ōo kiam óo thôo;

Khì tshài-tshī-á bé hiunn-koo,

Bé hî-póo, bé bah-soo, bé oo-tshòo, bé tāu-pôo, bé tê-kóo;

Khì bûn-kàu ki-kòo khuànn hì, thiann kóng-kóo,

Oh bú-pōo, oh uē-tôo, oh tsò-ôo, oh kòng-kóo;

Khì tōng-but-hn̂g khuànn Tâi-uân oo-hîm,

khuànn suann-niau tsioh-hóo, khuànn khóng-tshiok,

看長頷鹿　看花仔鹿　看鷦鴝
去遊樂園快快樂樂耍規下晡
買會當欱泡仔的樹奶糊　那行嗽那哺
去海沙埔看牽罟　看人曝魚脯
去溪裡掠旋鰡鮚　學著雨來毋通蹽溯
愛留佇溪埔
去湖邊食金目鱸　湖心划船學搖櫓

阿烏有影愛臺灣愛本土
上愛逐所在去散步
樂暢快樂　身體當然勇甲若猛虎
仝款愛透中晝走相逐
日頭猛　日頭毒　罕得烏陰抑落雨
所以　古錐忠厚的阿烏猶是予曝甲烏烏烏

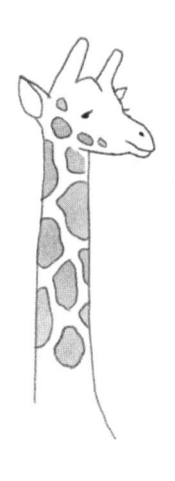

Khuànn tn̂g-ām-lo̍k, khuànn hue-á-lo̍k, khuànn tsià-koo,
Khì iû-lo̍k-hn̂g khuài-khuài-lo̍k-lo̍k sńg kui ē-poo;
Bé ē-tàng pûn pho̍k-á ê tshiū-ling-kôo, ná kiânn tshuì ná pōo.
Khì hái-sua-poo khuànn khan-koo, khuànn lâng pha̍k hî-póo;
Khì khe--lí lia̍h suan-liu-koo, o̍h-tio̍h hōo lâi m̄-thang liâu-sòo,
Ài lâu tī khe-poo;
Khì ôo-pinn tsia̍h kim-ba̍k-lôo, ôo-sim kò-tsûn o̍h iô-lóo.

A-oo ū-iánn ài Tâi-uân, ài pún-thóo,
Siōng ài ta̍k-sóo-tsāi khì sàn-pōo.
Lo̍k-thiòng khuài-lo̍k sin-thé tong-jiân ióng kah ná bíng-hóo.
Kāng-khuán ài thàu-tiong-tàu tsáu-sio-jiok,
Ji̍t-thâu mé, ji̍t-thâu to̍k, hán-tit oo-im áh lo̍h-hōo,
Sóo-í kóo-tsui, tiong-hōo ê A-oo iáu-sī hōo pha̍k kah oo-oo-oo.

語詞註解

1. 烏輪箍：oo-lián-khoo，黑眼圈。
2. 袂甕肚：bē-àng-tōo，不自私、不小器，不隱瞞好處。
3. 共人唬：kā lâng hóo，以狡猾手段或言語欺騙他人。
4. 有硞硞：tīng-khok-khok，堅硬。
5. 顛倒惱：tian-tò lóo，反而傷腦筋。
6. 伐：huah,邁開步伐地走。
7. 𤆬：tshuā，帶領、引導。
8. 菜脯：tshài-póo，蘿蔔乾。
9. 塗：thôo，泥土。
10. 茶鈷：tê-kóo，茶壺；茶罐。

華台英俗諺快譯通

台 烏矸仔貯豆油。
Oo-kan-á té tāu-iû.

華 人不可貌相，海水不可斗量。

英 You can't judge a book by its cover.

2.oo｜阿烏去散步

華台英
音字袂花去

查埔
tsa-poo
male
男的

下晡
ē-poo
afternoon
下午

菜脯
tshài-póo
dried radish
蘿蔔乾

哺肉
pōo bah
to chew the meat
吃肉

補習班
póo-sip-pan
a cram school
補習班

店鋪
tiàm-phòo
a store/shop
店面

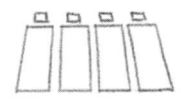

總鋪
tsóng-phoo
a dorm bed
大通鋪

豆酺
tāu-pôo
dried fermented beans
豆豉

醃蜅蠐
am-poo-tsê
a cicada
小蟬

輔導處
hú-tō-tshù
a counselling office
輔導處

問題討論

1. 你較佮意皮膚白抑是皮膚烏？為啥物？

2. 你較捷做啥物運動？為啥物？

3. 你上佮意的是啥物店？請講出你去遐做啥物佮佇遐的心情。

應答短文

肉烏肉白攏好勢

　　咱袂當用膚色來界定一个人的價值佮伊的才情。有的人恬恬食三碗公半，有的人烏矸仔貯豆油看袂出來是一隻好厲害的紅狗蟻。這嘛親像袂當用冊皮去看一本冊的內容佮路用。毋過我猶是感覺「一白蔭九媠」若像有影。我自細漢就體會白肉底有足濟好處，免妝就肥軟仔肥軟若軁仔媠媠，去買衫的時逐領都足蔭肉，邊仔的人客閣會鬥呵咾，所以我較佮意白肉底。

　　我生查某囝的時，聽著囡仔平安出世，佇產房內底，我先問護士，囡仔跤手有好勢無，有健康無，閣來就問是烏肉的抑是白肉的，知影有種著我白肉底，我就安心矣。一般得皮膚烏的較會予人號偏名。較好心的叫你「烏甜仔」、「烏美人」，較歹心的恥笑你烏牢底，叫你「烏豬」、「烏人」、「tshoo-khóo-lè-tòo」……。號遮的名，人若無佮意，實在有夠狼毒。世界潮流是行向多元尊重、包容欣賞，莫烏白叫矣。臺灣誠有名的「烏人齒膏」嘛改名叫做「好來」，聽起來人清彩、好事來，有影袂穤。另外像以前的「外勞仔」，這馬嘛愛講「移工」，才有人文的關懷。總講一句，袂使用外表、膚色、民族去判斷一个人的價值。

肉烏的人嘛莫厭氣，因為上帝是公平的，有一好無兩好。肉白嘛是有煩惱，日頭一下曝就起過敏，閣生成白色素較濟，七少年八少年就發白頭毛，連這馬我才半老老爾，就有白目眉矣。莫看外表的色，咱來看心內的器官，毋管烏抑白，上帝予咱攏有一粒紅紅紅的心，這粒紅心表示熱情佮愛，心肝若好，風水免討，肉烏肉白免煩惱，食予健康氣色好，紅牙仔紅牙上蓋好！

3. e............

阿姊學手藝

阿姊十八一蕊花
想欲奋¹伊的少年家有夠濟
阿姊心內猶無彼一个
講伊想欲加讀冊
這馬² 猶無想欲嫁

阿母聽一下　叫一聲哎喲喂
作田愛有好田底
娶某愛看好娘嬭³
問伊　會曉煮菜袂
若袂　慢且嫁
予人退貨就烏天暗地呢
若袂　嫁過去做人妻
會予大家怨嘆咱外家
講咱查某囝教甲無賢慧

阿姊聽一下險吐血
應講　嘿　時代無仝矣呢
阿母莫煩惱遐爾濟

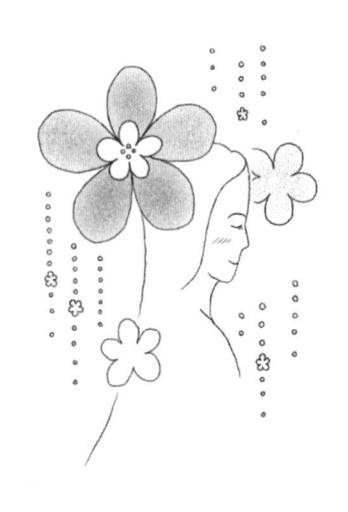

A-tsé Oh Tshiú-gē

A-tsé tsa̍p-peh tsit-luí hue,
Siūnn-beh phānn i ê siàu-liân-ke ū-kàu tsē.
A-tsé sim-lāi iáu bô hit tsit-ê.
Kóng i siūnn beh ke tha̍k-tsheh,
Tsit-má iáu bô siūnn-beh kè.

A-bú thiann tsit-ē, kiò tsit siann ai--iō-uê,
"Tsoh-tshân ài ū hó tshân-té,
Tshuā bóo ài khuànn hó niû-lé."
Mn̄g i, "ē-hiáu tsú-tshài--bē?
Nā bē, bān-tshiánn kè.
Hōo lâng thè-huè tō oo-thinn-àm-tē neh.
Nā bē, kè kuè-khì tsò jîn-tshe,
Ē hōo ta-ke uàn-thàn lán guā-ke,
Kóng lán tsa-bóo-kiánn kà kah bô hiân-huē."

A-tsé thiann tsit-ê hiám thòo-hueh,
Ìn kóng, "heh, sî-tāi bô-kâng--ah neh,
A-bú mài huân-ló hiah-nī tsē,"

閣講　歹勢呢
人我嘛有好手藝
生做福相⁴會勢生
娶著我是福氣呢
紩衫裁縫我攏會
煮食料理無問題
毋信　今仔日的菜就交予我來買

阿姊一街踅過一街
行到菜市仔底
看著蚵仔　想欲糊蚵炱
看著螺　想欲敁鹹膎⁵　做寡燒酒螺
看著蝦　予蝦倒彈驚一下
看著毛蟹　叫啊是蜘蛛四界爬

頭家看一下笑一下
看阿姊古錐閣美麗
想起厝裡後生欠一个牽的
今仔日就俗俗仔賣⁶
閣假講若是料理有問題
會當敲電話來問少年頭家
這是電話號碼愛袋⁷予好勢　記予牢呢

3. e ｜阿姊學手藝

Koh kóng, "pháinn-sè neh,
Lâng guá mā ū hó-tshiú-gē,
Senn tsò hok-siòng ē gâu-senn.
Tshuā-tiòh guá sī hok-khì neh.
Thinn-sann, tshâi-hông guá lóng ē,
Tsú-tsiàh liāu-lí bô-būn-tê.
M̄-sìn, kin-á-jit ê tshài tō kau hōo guá lâi bé."

A-tsé tsit ke sèh-kuè tsit ke,
Kiânn kàu tshài-tshī-á-té.
Khuànn-tiòh ô-á, siūnn beh tsìnn ô-te.
Khuànn-tiòh lê, siūnn beh sīnn kiâm-kê, tsò kuá sio-tsiú-lê.
Khuànn-tiòh hê, hōo hê tò-tuānn kiann tsit-ē.
Khuànn-tiòh môo-hē, kiò-ah-sī ti-tu sì-kè pê.

Thâu-ke khuànn tsit-ē, tshiò tsit-ē.
Khuànn A-tsé kóo-tsui koh bí-lē,
Siūnn-khí tshù--lí hāu-senn khiàm tsit-ê khan--ê,
Kin-á-jit tō siòk-siòk-á bē.
Koh ké kóng nā-sī liāu-lí ū būn-tê,
Ē-tàng khà tiān-uē lâi mn̄g siàu-liân thâu-ke.
Tse sī tiān-uē hō-bé ài tē hōo hó-sè, kì hōo tiâu neh.

若無　簡單啦　共濫濫做伙 [8] 變做海產麋

阿姊看著菜頭粿
笑笑問頭家　彼欲按怎炊
頭家講　炊粿是老歲仔老輩的工藝
若炊無好勢　阿婆仔炊粿　會倒塌呢
叫阿姊若欲請人客
粿粞 [9] 買一塊
圓仔挲挲咧共準過

阿姊市仔底四界趖
閣買閣提　一袋閣一袋
袋仔貯甲欲塌底
手揹 [10] 甲重枷枷
閣買阿伯交代的豆皮
閣買一籃仔枇杷
清肝　潤肺　治嗽　維他命 C 有夠濟

阿姊閣買一雙鞋
講伊辦桌請人客
人客欲來厝裡坐

Nā-bô, kán-tan--lah! Kā lām-lām tsò-hué piàn-tsò hái-sán-muê.

A-tsé khuànn-tio̍h tshài-thâu-kué,
Tshiò-tshiò mn̄g thâu-ke, "he beh án-tsuánn tshue?"
Thâu-ke kóng, "tshue-kué sī lāu-huè-á, lāu-puè ê kang-gē.
Nā tshue bô hó-sè, a-pô-á tshue kué, ē tò-thap neh!"
Kiò a-tsé nā beh tshiánn-lâng-kheh,
Kué-tshè bé--tsi̍t-tè,
Înn-á so-so--leh kā tsún--kuè.

A-tsé tshī-á-té sì-kè se̍h.
Koh bé koh the̍h, tsi̍t tē koh tsi̍t tē,
Tē-á té kah beh lap-té,
Tshiú kuānn kah tāng-kê-kê.
Koh bé a-peh kau-tài ê tāu-phuê,
Koh bé tsi̍t-kheh-á gî-pê,
Tshing-kuann, jūn-hì, tī-sàu, Bi-tá-bín C ū-káu tsē.

A-tsé koh bé tsi̍t-siang ê,
Kóng i pān-toh tshiánn-lâng-kheh,
Lâng-kheh beh lâi tshù--lí tsē,

伊欲共人奉茶
當然嘛愛穿予較嬌咧

嘿　阿姊十八一蕊花
勢讀冊　好體格　誠賢慧
真顧家閣好手藝
長頭鬃綴春風飛啊飛
穿新鞋踅一下踅一下誠美麗
我看　這聲欲來講親情的人會窒倒街

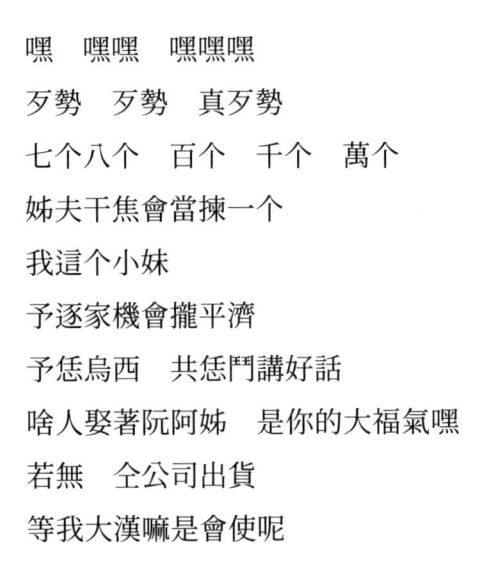

嘿　嘿嘿　嘿嘿嘿
歹勢　歹勢　真歹勢
七个八个　百个　千个　萬个
姊夫干焦會當揀一个
我這个小妹
予逐家機會攏平濟
予恁烏西　共恁鬥講好話
啥人娶著阮阿姊　是你的大福氣嘿
若無　仝公司出貨
等我大漢嘛是會使呢

3. e ｜阿姊學手藝

I beh kā lâng hōng-tê,
Tong-jiân mā ài tshīng hōo khah suí--leh.

Heh! A-tsé tsȧp-peh tsit-luí hue,
Gâu thȧk-tsheh, hó thé-keh, tsiânn hiân-huē,
Tsin kòo-ke, koh hó-tshiú-gē.
Tńg thâu-tsang tuè tshun-hong pue ah pue.
Tshīng sin-ê uȧinn--tsit-ē, uȧinn--tsit-ē tsiânn bí-lē.
Guá khuànn, tsit-siann beh lâi kóng-tshin-tsiânn ê lâng ē that-tó-ke.

Heh! Heh, heh! Heh, heh, heh!
Pháinn-sè, pháinn-sè, tsin pháinn-sè,
Tshit-ê peh-ê, pah-ê, tshing-ê, bān-ê,
Tsé-hu kan-na ē-tàng kíng tsit-ê.
Guá tsit-ê sió-muē
Hōo tȧk-ke ki-huē lóng pênn-tsē,
Hōo lín oo-se, kā lín tàu kóng hó-uē,
Siánn lâng tshuā tiȯh gún a-tsé, sī lí ê tuā-hok-khì heh!
Nā bô, kâng kong-si tshut-huè,
Tán guá tuā-hàn mā-sī ē-saih neh!

語詞註解

1. 奅：phānn，結交異性朋友。
2. 這馬：tsit-má，現在。
3. 娘嬭：niû-lé，母親、媽媽。
4. 福相：hok-siòng，有福氣的容貌。
5. 豉鹹膎：sīnn kiâm-kê/kuê，醃漬海產。
6. 俗俗仔賣：siȯk-siȯk-á bē/buē，便宜售出。
7. 袋：tē，裝。
8. 濫濫做伙：lām lām tsò-hué/hé，混雜在一起。
9. 粿粞：kué-tshè/ké-tshuè，糯米團。
10. 捾：kuānn，提、拿。

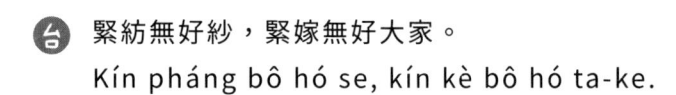

華台英俗諺快譯通

台 緊紡無好紗，緊嫁無好大家。
Kín pháng bô hó se, kín kè bô hó ta-ke.

華 欲速則不達。

英 Haste makes waste.

3. e ｜阿姊學手藝　039

華台英
音字袂花去

大家
ta-ke
a mother-in-law
婆婆

逐家
ta̍k-ke
everyone
大家

踅街
se̍h-ke
to go shopping
逛街

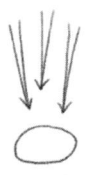

硩重
teh-tāng
to press
被重壓

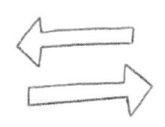

一逝路
tsi̍t-tsuā lōo
a turn/a round
一趟

問題討論

1. 你較佮意踅超級市場抑是傳統菜市仔?為啥物?

2. 少子女化是國家的危機,請講出你對結婚、生囝的看法。

3. 你敢捌家己一个替厝裡的人去買物件抑是做代誌?是啥物情形佮心情?

應答短文

菜市仔味

　　我較佮意去傳統菜市仔買物件,因為還價數俗、物件鮮,嘛較有人情味。

　　菜市仔的頭家攏靠彼擔咧趁食,賣信用的。跤手攏家己人,免倩辛勞,就共本錢俗予人客。有當時仔,你買較濟,頭家會算你較俗,零星的無算。遮捏遐捏,嘛聽好加買一把仔青菜抑是一籠仔水餃。

　　物件哪會遐鮮沢?我捌聽頭家講個攏是半暝仔兩三點去趕武市割貨,所以菜架仔頂懸,攏是著時閣大出,攏綴農民曆咧賣的。豬砧是去豬灶估轉來的,魚擔仔嘛是現流仔的。頭家講,有鮮就好食。

佇菜市仔買菜，除了定定免錢就通俗蔥、俗薑、俗芫荽，若毋知按怎料理，頭家會教你。後逝閣會關心你煮了按怎、有成功無。頭家的目識攏足金，你閣來交關的時，伊會記得你頂改買啥物，袂輸你是伊的貴賓全款，遠遠就共你攃手，笑微微迎接你。

　　超級市場的一步取是二四點鐘，袂輸恁兜的冰箱，欲開就開。毋過，遐的物件較貴，菜蔬一包一包、魚魚肉肉一盒一盒，排甲足四序，包裝橐仔頂懸的日期毋是上鮮的今仔日，買濟買少，斤兩嘛毋是你會撙節得，毋管是去自動機器逐結數，抑是去櫃臺排列納錢，攏是骹骹骹，攏無笑微微，欲按怎煮無人教，萬項你著家己主張！

　　雖然我兩款市仔會俗咧用，毋過若問我的心內話，像我這款愛佮人開講的，我猶是較佮意傳統市場的俗、鮮佮人情味。

4.

阿婆飼鵝

阿婆做小姐的時蹛板橋
〈板橋查某〉的歌是按呢唱
火車火車吱吱叫
五點十分到板橋
板橋查某婿閣笑
緊來賣某予伊招

有一个阿哥哥蹛白河
戴草帽　坐火車欲來鶯歌學做陶
手錶無瞭　坐過頭　板橋落
十一哥狗公腰蹺蹺[1] 手躼看著少女軟膏膏
落車綴阿妹妹的後壁[2] 趖

兩人熱戀感情好
結做夫妻人人褒[3]
仝心拍拚骨力做
無奈翁某命真薄
等無囝兒來報到
少年男女變公婆

A-pô Tshī Gô

A-pô tsò sió-tsiá ê sî tuà Pang-kiô.
Pang-kiô Tsa-bóo ê kua sī án-ne tshiò:
Hué-tshia, hué tshia ki-ki-kiò,
Gōo-tiám tsa̍p-hun kàu Pang-kiô,
Pang-kiô tsa-bóo suí koh tshiò,
Kín lâi bē bóo hōo i tsio.

Ū tsit-ê a-koh-koh tuà Pe̍h-hô.
Tì tsháu-bō, tsē hué-tshia beh lâi Ing-ko o̍h tsò-tô.
Tshiú-pió bô lió, tsē kuè-thiô, Pang-kiô lo̍h.
Tsa̍p-it-ko káu-kang-io, kha-lò tshiú-lò, khuànn-tio̍h siàu-lú nńg-kô-kô,
Lo̍h-tshia tuè a-meh-meh ê āu-piah sô.

Nn̄g lâng jia̍t-luân kám-tsîng hó,
Kiat-tsò hu-tshe lâng-lâng-po,
Kāng-sim phah-piànn kut-la̍t tsò,
Bû-nāi ang-bóo miā tsin po̍h,
Tán bô kiánn-jî lâi pò-tò.
Siàu-liân lâm-lú piàn kong-pô.

倯食老回鄉蹛白河
孤單作穡⁴ 無囝通好育　無孫通好抱
阿婆只好飼一陣鵝　人就叫伊鵝仔嫂
白河出名是蓮　蓮嘛叫做荷
閣有阿婆　鵝 和永遠愛伊的阿哥哥

阿婆規工無煩惱
逐工當做咧迌迌
有一隻鵝上愛綴伊四界趖
若像囡仔膏⁵ 阿母
東西南北風景好
去東市買葡萄　買蘋果　買水蜜桃
去西市買鮮蚵　買蕹菜⁶　買茼蒿
去南市買紅棗　買甘草　買雞卵糕
去北市買芳皂　買米籮　買菜刀

阿婆做事頂真袂潦草⁷
出門一定會祈禱
好事來歹事無
無人嫌伊厚工傷囉嗦
因為有共神祈禱　心內就會有倚靠

4.0 | 阿婆飼鵝

In tsiȧh-lāu huê-hiong tuà Pȩh-hô,
Koo-tuann tsoh-sit bô kiánn thang hó io, bô sun thang hó phō.
A-pô tsí-hó tshī tsit-tīn gô, lâng tō kiò i Gô-á-só.
Pȩh-hô tshut-miâ sī liân, liân mā kiò-tsò hô,
Koh ū a-pô, gô, hām íng-uán ài--i ê a-koh-koh.

A-pô kui-kang bô huân-ló,
Tȧk-kang tòng-tsò teh tshit-thô.
Ū tsit-tsiah gô siōng ài tuè i sì-kè gô,
Ná-tshiūnn gín-á ko a-bó.
Tang sai lâm pak hong-kíng hó.
Khì Tang-tshī bé phû-tô, bé phông-kó, bé tsuí-bit-thô,
Khì Sai-tshī bé tshinn-ô, bé ò-giô, bé tang-o.
Khì Lâm-tshī bé âng-tsó, bé kam-tshó, bé ke-nn̄g-ko.
Khì Pak-tshī bé phang-tsō, bé bí-lô, bé tshài-to.

A-pô tsò-sū tíng-tsin bē ló-tshó,
Tshut-mn̂g it-tīng ē kî-tó,
Hó-sū lâi, pháinn-sū bô.
Bô lâng hiâm i kāu-kang, siunn lo-so,
In-uī ū kā Sîn kî-tó, sim-lāi tō ē ū uá-khò.

彼工阿婆戴一頂露西亞進口的毛帽
頷頸掛一條阿母送伊的珠寶
伊摸袚鍊想著細漢阿母共伊惜　共伊抱　共伊育
驚伊枵餓　驚伊跋倒
驚伊心情無好起煩惱
阿婆想甲心愷愷
想欲抱囝在心窩
伊就雙手做搖筍[8]
去抱彼隻鵝
共褒　共挲　共惜　共呵咾

彼隻鵝驚一趒
身軀曲曲若駱駝
頷頸長賬埽　勾甲若大索
蟯咧蟯咧無定著
害阿婆東倒西歪若一身阿不倒[9]

鵝啊鵝　毋予阿婆抱
一下逃　走甲阿婆揣攏無
阿婆心頭起風波
目頭結結起煩惱

4.o | 阿婆飼鵝

Hit kang, a-pô tì tsit-tíng Lô-se-a tsìn-kháu ê môo-bō,
Ām-kún kuà tsit-tiâu a-bó sàng--i ê tsu-pó.
I bong phuah-liān siūnn tioh sè-hàn a-bó kā i sioh, kā i phō, kā i io,
Kiann i iau-gō, kiann i puah-tó,
Kiann i sim-tsîng bô hó, khí huân-ló.
A-pô siūnn kah sim-tso-tso,
Siūnn beh phō kiánn tsāi sim-o.
I tō siang tshiú tsò iô-kô,
Khì phō hit-tsiah gô,
Kā po, kā so, kā sioh, kā o-ló.

Hit-tsiah gô kiann tsit tiô,
Sin-khu khiau-khiau ná lok-tô,
Ām-kún tn̂g-lò-sò, kiu kah ná tuā-soh.
Ngiauh--leh ngiauh--leh bô-tiānn-tioh,
Hāi a-pô tang-tó-sai-uai ná tsit-sian a-put-tó.

Gô ah gô, m̄ hōo a-pô phō,
Tsit-ē tô, tsáu kah a-pô tshuē lóng bô.
A-pô sim-thâu khí hong-pho,
Bak-thâu kat-kat khí huân-ló.

048　A-oo Ē Oh Iû｜阿烏會學游

天地顛倒　天動地搖
毋知愛行人行道
毋知欲行對佗
心頭若插千支刀萬支刀
緊走去派出所共警察報
代誌的經過講規套
鵝若予人抱去是無地討
若揣無彼隻鵝
阿婆心內會有大風暴
若揣無彼隻寶貝鵝
阿婆會像海洋的孤島

伊講出門明明有祈禱
哪會平地起風波　出差錯
敢講無囥抱
連飼鵝陪迌迌都無
這號結果敢是伊人生的功課
想著誠疲勞

4.0 | 阿婆飼鵝

Thinn-tē tian-tò, thinn tāng tē iô,
M̄-tsai ài kiânn jîn-hîng-tō,
M̄-tsai beh kiânn uì tó.
Sim-thâu ná tshah tshian-ki to, bān-ki to,
Kín tsáu khì phài-tshut-sóo kā kíng-tshat pò.
Tāi-tsì ê king-kuè kóng kui thò,
Gô nā hōo lâng phō--khì sī bô-tè thó.
Nā tshuē-bô hit-tsiah gô,
A-pô sim-lāi ē ū tuā-hong-pō.
Nā tshuē-bô hit-tsiah pó-puè gô,
A-pô ē tshiūnn hái-iûnn ê koo-tó.

I kóng tshut-mn̂g bîng-bîng ū kî-tó,
Ná ē pênn-tē khí hong-pho, tshut tsha-tshò?
Kám-kóng bô kiánn phō,
Liân tshī gô puê tshit-thô to bô?
Tsit-lō kiat-kó kám-sī i jîn-sing ê kong-khò?
Siūnn tio̍h tsiânn phî-lô.

這時陣伊的阿娜答痴情阿哥哥
遠遠唱山歌　手抱彼隻鵝
行倚阿婆　喙笑目笑閣搖啊搖
阿婆看著鵝
歡喜甲喝伊呵　直直叫　直直笑
呵咾阿娜答緣投閣鵤趒
對板橋疼伊到白河
對少女愛伊到阿婆
無嫌伊無生無傳後
真情真愛是世界上大粒的璇石[10]

Tsit-sî-tsūn, i ê a-ná-tah tshi-tsîng a-koh-koh

Hñg-hñg tshiùnn san-ko, tshiú phō hit-tsiah gô,

Kiânn uá a-pô, tshuì-tshiò-bak-tshiò, koh iô ah iô.

A-pô khuànn-tioh gô,

Huann-hí kah huah i-o, tit-tit kiò, tit-tit tshiò,

O-ló a-ná-tah iân-tâu koh tshio-tiô,

Uì Pang-kiô thiànn i kàu Peh-hô,

Uì siàu-lú ài i kàu a-pô,

Bô hiâm i bô senn, bô thñg-hiō,

Tsin-tsîng tsin-ài sī sè-kài siōng tuā-liap ê suān-tsioh.

A-oo Ē Oh Iû ｜阿烏會學游

語詞註解

1. 躼：lò/liò，形容人長得高。
2. 後壁：āu-piah，背面、後面。
3. 襃：po，稱讚、恭維、誇獎。
4. 作穡：tsoh-sit，從事農務；指耕田、墾地、播種等。
5. 膏：ko/kô，纏。
6. 薁蕘：ò-giô，愛玉子、愛玉。
7. 潦草：ló-tshó，形容做事粗率、不仔細。
8. 搖笱：iô-kô，搖籃，嬰兒的寢具。
9. 阿不倒：a-put-tó，不倒翁玩具。
10. 璇石：suān-tsiȯh，鑽石。

華台英俗諺俚語快譯通

台 媠䆀無比止，愛著較慘死。
Suí-bái bô pí tsí, ài--tio̍h khah tshám sí.

華 情人眼裡出西施。

英 Love is blind.

4.0 | 阿婆飼鵝　053

華台英
音字袂花去

作穡人 / 作田人
tsoh-sit-lâng
tsoh-tshân-lâng
a farmer
農夫

做工仔人
tsò-kang-á-lâng
a worker
工人

造成
tsō-sîng
to cause
造成、導致

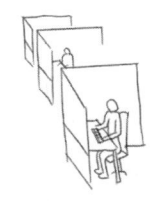

做工課
tsò khang-khuè
to work
工作

寫功課
siá kong-khò
to do homework
寫作業

054 A-oo Ē Oh Iû｜阿烏會學游

問題討論

1. 等你老的時，你敢會對大都市搬轉去庄跤蹛？為啥物？

2. 你敢有贊成飼寵物？為啥物？

3. 進入超高齡社會的時，欲按怎照顧厝裡的序大人咧？請講出你的想法。

應答短文

食老蹛佗位

我少年的時有講食老欲綴阮翁搬轉去花蓮的庄跤蹛，毋過這馬我半老老，閣捌著癌，算有帶身命咧，閣發覺有一寡翁某要意的重點有走縒，我的思考就對淺想的愛情理想猛醒，行轉來較自在、較會曉想的現實。嫁狗哪著綴狗走？蹛大都市較好。我考慮的是兩人的自由、緊急的醫療佮查某囡揣會著我。

以前我予三從四德縛死家己，毋過後來發覺阮翁便若轉去庄跤就變相，變甲我袂認得，放某放囝、食酒、開講。囡仔敢免人顧？閣驚伊佇海邊仔有危險。我其實自嫁伊以來，攏一直氣身惱命。以前我少年閣會堪得，若老矣、退休矣閣癮頭癮頭戀戀陪伊轉去蹛庄跤，猛虎難敵猴群，欲死較緊。退休除了無欲有逐工上班的約束，上要緊的，敢毋是欲享受人生的自由自在？上無心理上莫有牽礙，無期無待，較袂傷害。

　　閣看伊足濟親情五十，因為偏鄉路頭遠，欠醫療支援，十個有八個佇路裡無去，閣送轉去庄跤。大都市的醫療對我來講誠重要，尤其是若有一工翁袂靠得，閣老甲袂當家己駛車，毋敢齯嘈囡仔，大都市通家己坐捷運，抑是本錢較粗咧倩計程車，總是會當家己主張，袂去共人囉。

　　我是高雄人，十八歲離開故鄉，嫁去花蓮，蹛佇臺北，有影一世人孤單。幾十冬來攏有「無好好仔有孝阿母」的虧欠。阿母當然袂計較，毋過若想著家己攏咧無閒阮翁的代誌，攏無顧外家，翁閣無疼惜，想著心內誠礙虐。雖然這時代的囡仔是無啥欲插爸母，攏欲過家己的生活就好，毋過若會當予囡仔欲看就有通看，抑是欲揣咱鬥相共一下，猶是蹛較倚咧較好。佇都市選一个莫傷市中心的所在，欲進欲退攏會使。甲阮翁自頭到尾都干焦重視個庄跤的人，我哪著予伊轉去庄跤天天二四點，我煞做雞透早起床、做狗暗時顧更，去奉待退的人？蹛都市有家己的厝利便閣四序，會當做家己，食老才歡喜。上無莫看就袂氣死，才會當健康食百二。

5.i

阿義踅夜市

阿義佇桃城嘉義出世 [1]
上愛食雞肉飯配筍絲
嘉義的厝邊是臺南市
阿義嘛愛去鹽水食意麵
去七股的海邊仔食花枝

彼一暝阿姊招 [2] 伊去噴水池踅夜市
阿姊著去買查某囡仔物
叫阿義家己先止飢去揣好食物
阿義遠遠看著一塊看板光爍爍
有寫花枝意麵四字大字
伊心內隨就起主意
意麵滑溜免牽羹 [3]
花枝脆脆閣甜甜
較贏嘉義的雞肉絲
意麵摻花枝　花枝　花枝
害伊喙瀾強欲滴
彼是啥物高尚新口味
行過千山萬水

A-gī Se̍h Iā-tshī

A-gī tī Thô-siânn Ka-gī tshut-sì,
Siōng ài tsia̍h ke-bah-pn̄g phuè sún-si.
Ka-gī ê tshù-pinn sī Tâi-lâm-tshī,
A-gī mā ài khì Kiâm-tsuí tsia̍h ì-mī,
Khì Tshit-kóo ê hái-pinn-á tsia̍h hue-ki.

Hit-tsit-mî a-tsí tsio i khì Phùn-tsuí-tî se̍h iā-tshī,
A-tsí tio̍h khì bé tsa-bóo-gín-á mi̍h,
Kiò A-gī ka-tī sing tsí-ki, khì tshuē hó-tsia̍h-mi̍h.
A-gī hn̄g-hn̄g khuànn-tio̍h tsit-tè kháng-páng kng-sih-sih,
Ū siá Hue-ki Ì-mī sì-jī tuā-jī,
I sim-lāi suî tō khí tsú-ì.
Ì-mī kut-liu bián khan-kinn,
Hue-ki tshè-tshè koh tinn-tinn,
Khah iânn Ka-gī ê ke-bah-si.
Ì-mī tsham hue-ki? Hue-ki? Hue-ki?
Hāi i tshuì-nuā kiōng beh tih.
He sī siánn-mi̍h ko-siōng sin kháu-bī?
Kiânn-kuè tshian-san bān-suí,

食過山珍海味
毋捌啖過這味新創意
來去點一碗　啖糝試滋味

頭家娘，來一碗仔花枝意麵

阿義入去上桌坐上椅
歡歡喜喜等意麵
手扞⁴桌垺
想著意麵滑溜就滿意
想著花枝甜甜喙瀾滴

頭家娘婿⁵甲若花蕊
煮麵的跤手誠伶俐
隨共意麵捀⁶來到桌垺
阿義食一喙
閣食第二喙　閣食第三喙
哪會規碗滇滇⁷都食欲離⁸
煞揤⁹無半塊仔脆脆甜甜的花枝

阿義揤無花枝　心內足稀微
起僥疑　面起呸　轉受氣

5. i | 阿義踅夜市

Tsiáh-kuè san-tin hái-bī,
M̄-bat tam-kuè tsit-bī sin-tshòng-ì,
Lâi-khì tiám--tsit-uánn, tām-sám tsì tsu-bī.

"Thâu-ke-niû, lâi tsit-uánn-á hue-ki-ì-mī."

A-gī jip-khì tsiūnn-toh tsē tsiūnn í,
Huann-huann-hí-hí tán ì-mī.
Tshiú huānn toh-kînn,
Siūnn-tio̍h ì-mī ku̍t-liu tō muá-ì,
Siūnn-tio̍h hue-ki tinn-tinn tshuì-nuā tih.

Thâu-ke-niû suí kah ná hue-luí,
Tsú mī ê kha-tshiú tsiânn líng-lī,
Suî kā ì-mī phâng lâi kàu toh-kînn.
A-gī tsiáh tsi̍t-tshuì,
Koh tsiáh tē-jī tshuì, koh tsiáh tē-sann tshuì,
Ná ē kui-uánn tinn-tīnn to tsiáh beh lī,
Suah lā bô puànn-tè-á tshè-tshè tinn-tinn ê hue-ki?

A-gī lā bô hue-ki, sim-lāi tsiok hi-bî,
Khí-giâu-gî, bīn khí-phuì, tńg siū-khì,

欲起來抗議煞咬著舌
疼甲目屎含目墘　輾落喙　委屈吞落胃

阿義捀意麵去會[10] 道理
花枝佇佗位　花枝佇佗位
哪會花枝意麵無花枝
花枝佇佗位　花枝佇佗位
頭家娘規个面仔笑微微
目尾瞴啊瞴
歹勢啦　人共你會不是
看板花枝彼兩字　正是阮名字
咱問花枝佇佗位
花枝佇遮咧煮麵

Beh khí-lâi khòng-gī suah kā-tio̍h tsi̍h,

Thiànn kah ba̍k-sái kâm ba̍k-kînn, liàn lo̍h tshuì, uí-khut thun-lo̍h uī.

A-gī phâng ì-mī khì huē tō-lí,

"Hue-ki tī tó-uī? Hue-ki tī tó-uī?

Ná ē hue-ki-ì-mī bô hue-ki?

Hue-ki tī tó-uī? Hue-ki tī tó-uī?"

Thâu-ke-niû kui-ê bīn-á tshiò-bi-bi,

Ba̍k-bué nih ah nih,

"Pháinn-sè--lah, lâng kā lí huē-put-sī.

Khǎng-páng Hue-ki hit nn̄g jī, tsiànn-sī gún miâ-jī.

Lán mn̄g Hue-ki tī tó-uī,

Hue-ki tī tsia teh tsú mī."

語詞註解

1. 出世：tshut-sì，出生、誕生。
2. 招：tsio，邀、邀請。
3. 牽羮：khan-kinn/kenn，勾芡。
4. 扞：huānn，用手扶著。
5. 媠：suí，漂亮的、美麗的。
6. 捀：phâng，用手端著。
7. 滇滇：tīnn-tīnn，滿滿的。
8. 食欲離：tsiảh beh lī，快吃完了。
9. 抐：lā，攪、攪拌。
10. 會：huē，談論、理論。

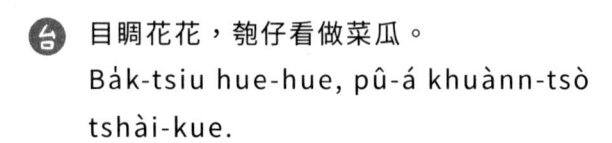

華台英俗諺快譯通

台 目睭花花，匏仔看做菜瓜。
Bảk-tsiu hue-hue, pû-á khuànn-tsò tshài-kue.

華 馮ㄆㄧㄥˊ京ㄐㄧㄥ 當ㄉㄤ 馬ㄇㄚˇ涼ㄌㄧㄤˊ。

英 None so blind as those who can't see.

5.i｜阿義蹛夜市

華台英音字袂花去

掺糖 tsham thn̂g — to add sugar 加糖	啖糁 tām-sám — to eat 吃
上愛 siōng ài — favorite 最喜歡	高尚 ko-sióng/siōng — high class 品味高級
出世 tshut-sì — birth 出生	出世 tshut-sè — to be a monk 出家

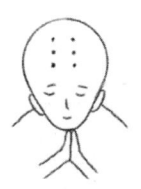

問題討論

1. 你較愛食飯、麵抑是米粉?請講出食彼項的感覺。

2. 你上愛食夜市仔內底佗一款點心?為啥物?

3. 你敢有佮意食海產?為啥物?

應答短文

米粉個性

　　我上愛食米粉。毋管是食米粉炒抑是米粉湯,米粉攏予我一種溫暖佮自在的感覺。

　　我特別愛食米粉炒,因為我讀小學的時,有一份特別的米粉記持。讀小學五年的時,阿母透早會予我十箍,中晝通食外口,我逐改攏去學校附近食米粉炒。叫一砸仔米粉,大骨落去炕的清湯就會當啉甲飽。這對我這个散赤囡仔來講,下晡上課就元氣飽足。店頭家手路讚,米粉炒淋芳芳芳的肉燥,才濾予焦,頂懸崁規大科的豆菜和兩三枝仔韭菜上佮喙。買久,頭家就捌我矣,看我逐改來都乖乖仔,有當時仔會攢較大碗予我。阿母予我錢,予我家己主張食啥物,閣頭家看我乖有大優待，攏是足溫暖的記持。

有當時仔我會改食米粉湯抑是米粉焿，嘛是足好食。我感覺米粉比麵抑是飯較厲害，毋管浸偌久，攏袂頓去，自頭到尾我會那食米粉那啉湯，共湯佮粒控制佇好勢仔好勢的比例。那食那按算，嘛體會米粉彼款實實在在，有融入毋過無失去自己的堅持。

我感覺我嘛有米粉的個性呢！單純、溫暖、自然、自在，有永遠莫失去自己的堅持。

6. u............

阿舅捾豆油

阿舅有田幾若坵　有園幾若處
自細漢有有孝爸母
大漢才娶有好姿娘
阿妗是正港的出水芙蓉大美女
肢骨瘦抽　尖跤幼手[1]　面肉釉釉釉[2]
勢讀冊誠幼秀[3]　飯勢煮人溫柔
厝邊隔壁呵咾伊是巧新婦[4]
街頭巷尾欣羨[5]個是好鴛鴦
堅真的愛情 ái-í-si-té-luh
親像牛郎佮織女

七娘媽生過了是中秋
阿舅招久年無聚的舊朋友
來厝烘肉[6]　看月娘
來食月餅　食文旦柚
阿舅的心思　欲品阿妗足有料理的工夫
婿某的婿甲若像皇帝娘
看起來若像油湯袂沐手[7]
恁毋通看伊䆀䆀看伊霧霧

A-kū Kuānn Tāu-iû

A-kū ū tshân kuí-nā khu, ū hn̂g kuí-nā tshù.
Tsū sè-hàn ū iú-hàu pē-bú,
Tuā-hàn tsiah tshuā ū hó-tsu-niû.
A-kīm sī tsiànn-káng ê tshut-suí-phû-iông tuā-bí-lú,
Ki-kut sán-thiu, tsiam-kha-iù-tshiú, bīn-bah iu-iu-iu,
Gâu tha̍k-tsheh, tsiânn iù-siù, pn̄g gâu tsú, lâng un-jiû.
Tshù-pinn-keh-piah o-ló i sī khiáu sin-pū,
Ke-thâu-hāng-bué him-siān in sī hó-uan-iunn,
Kian-tsin ê ài-tsîng ǎi-í-si-té-luh,
Tshin-tshiūnn Gû-nn̂g kah Tsit-lú.

Tshit-niû-má-senn kuè-liáu sī Tiong-tshiu,
A-kū tsio kú-nî bô tsū ê kū-pîng-iú,
Lâi tshù hang-bah, khuànn gue̍h-niû,
Lâi tsia̍h gue̍h-piánn, tsia̍h bûn-tàn-iū.
A-kū ê sim-su beh phín A-kīm tsiok ū liāu-lí ê kang-hu.
Suí-bóo--ê suí kah ná-tshiūnn hông-tè-niû,
Khuànn--khí-lâi ná-tshiūnn iû-thn̂g bē bak-tshiú.
Lín m̄-thang khuànn i phú-phú, khuànn i bū-bū,

伊是烏矸仔貯豆油
煮食足熟手　手路菜第一流
伊講煙火好看無偌久
紅顏如雲嘛袂永駐
讀詩千首　廚藝豐富
才通佮人品文閣品武

烘肉毋是小可仔事
袂當干焦食肉油油油
嘛著菜佮才袂身軀烏白舞[8]
阿妗阿舅欲用健康來請朋友
透早兩夫婦手牽手　行去大市場
彼搭啥物食物用物攏總有

買甲海底泅陸地浪溜逐項有
有蝦　有魚　有豬　有羊　閣有牛
閣買鯀魚通好烌　哺著芳閣飪
買鴨蒜攪蔥仔珠
濫薑絲　加寡菝薑　做冷盤較袂油
買菜瓜　買苝薑
佮蚶仔包做伙　誠講究
買番麥　買豆乾

6. u | 阿舅捾豆油

I sī oo-kan-á té tāu-iû.

Tsú-tsiảh tsiok sik-tshiú, tshiú-lōo-tshài tē-it liû.

I kóng ian-huê hó-khuànn bô-guā-kú,

Hông-gân jû hûn mā bē íng tsù,

Thỏk si tshian siú, tû-gē hong-hù,

Tsiah-thang kah lâng phín bûn koh phín bú.

Hang-bah m̄-sī sió-khuá-á sū,

Bē-tàng kan-na tsiảh bah iû-iû-iû.

Mā tiỏh tshài kah tsiah bē sin-khu oo-pẻh bú.

A-kīm, a-kū beh iōng kiān-khong lâi tshiánn pîng-iú.

Thàu-tsá nn̄g hu-hū tshiú khan tshiú, kiânn khì tuā-tshī-tiûnn,

Hit-tah siánn-mih tsiảh-mih, iōng-mỉh lóng-tsóng ū.

Bé kah hái-té siû, liỏk-tē lōng-liu tảk-hāng ū,

Ū hê, ū hû, ū tu, ū iûnn, koh ū gû.

Koh bé jiû-hî thang hó pû, pōo tiỏh phang koh khiū.

Bé ah-siúnn kiáu tshang-á-tsu,

Lām kiunn-si, ka kuá hiam-kiunn, tsò líng-puânn khah bē iû.

Bé tshài-kue, bé tsínn-kiunn,

Kah ham-á pau tsò-huê, tsiânn káng-kiù.

Bé huan-bẻh, bé tāu-kuann,

買香菇是健康的主張
買蒜頭　買芫荽　買芳油　買烘肉醬
買兩綹麵線會當煤煤咧攪苦茶油
買沙士　清涼退火兼消油
無買燒酒　因為若起酒瘋惹事就烏有 [9]
買火炭　買紙盤　買柴箸
買紙碗　買棉仔紙通拭手
買紅柿　買文旦柚　烘肉食了會當去飽脹
閣買月餅逐粒圓圓圓若月娘

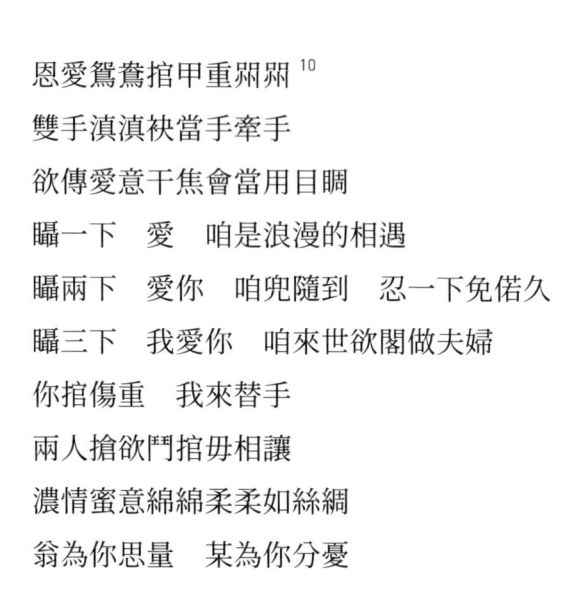

恩愛鴛鴦掐甲重殗殗 [10]
雙手滇滇袂當手牽手
欲傳愛意干焦會當用目睭
瞨一下　愛　咱是浪漫的相遇
瞨兩下　愛你　咱兜隨到　忍一下免偌久
瞨三下　我愛你　咱來世欲閣做夫婦
你掐傷重　我來替手
兩人搶欲鬥掐毋相讓
濃情蜜意綿綿柔柔如絲綢
翁為你思量　某為你分憂

雙人行到厝頭前的大欉樹

bé hiunn-koo sī kiān-khong ê tsú-tiunn.
Bé suàn-thâu, bé iân-sui, bé phang-iû, bé hang-bah-tsiùnn.
Bé nn̄g-liú mī-suànn ē-tàng sa̍h-sa̍h--leh kiáu khóo-tê-iû.
Bé sá-suh, tshing-liâng thè-hué kiam siau-iû,
Bô bé sio-tsiú, in-uī nā khí-tsiú-siáu jiá-sū tō oo-iú.
Bé hué-thuànn, bé tsuá-puânn, bé tshâ-tū,
Bé tsuá-uánn, bé mî-á-tsuá thang tshit-tshiú.
Bé âng-khī, bé bûn-tàn-iū, hang-bah tsia̍h liáu ē-tàng khì pá-tiùnn.
Koh bé gue̍h-piánn, ta̍k-lia̍p înn-înn-înn ná gue̍h-niû.

Un-ài uan-iunn kuānn kah tāng-tsiuh-tsiuh,
Siang-tshiú tīnn-tīnn bē-tàng tshiú khan tshiú.
Beh thuân ài-ì kan-na ē-tàng iōng ba̍k-tsiu,
Nih tsi̍t-ē, ài, lán sī lōng-bān ê siong-gū,
Nih nn̄g-ē, ài--lí, lán-tau suî kàu, jím--tsit-ē, bián guā-kú.
Nih sann-ē, guá ài--lí, lán lâi-sè beh koh tsò hu-hū.
Lí kuānn siunn tāng, guá lâi thè-tshiú,
Nn̄g lâng tshiúnn beh tàu kuānn m̄ sio-niū.
Lông-tsîng-bi̍t-ì mî-mî jiû-jiû jû si-tiû,
Ang uī lí su-niû, bóo uī lí hun-iu.

Siang lâng kiânn kàu tshù-thâu-tsîng ê tuā-tsâng-tshiū,

跤停　手休　那捆那喝得救
這時樹頂彼隻尾溜翹翹的烏鶖
像咧提醒　就按呢唱
豆油　豆油　欠豆油
豉肉　豉肉　愛豆油

阿姈司奶講伊活欲掌腿閣斷手
阿舅惜某免理由　若惜王母娘娘
我來去　婿某的安啦免憂愁
行入灶跤物件囥離手
為著中秋歡迎舊朋友
為著莫予婿某跤手疼搐搐
伊隨翻頭轉去市場掾豆油

阿舅規路走甲若一粒球
親像跤底有抹油　若像魚仔順水泅
買了趕緊欲轉去共牽的鬥跤手
驚袂赴　傷緊張　走甲褲頭落一粒鈕
只好正手掾豆油　倒手衫褲嘛著摸

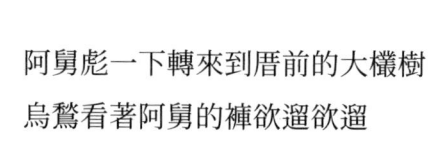

阿舅彪一下轉來到厝前的大欉樹
烏鶖看著阿舅的褲欲遛欲遛

6. u｜阿舅捾豆油

Kha thîng, tshiú hiu, ná hiù ná huah tit-kiù.
Tsit-sî, tshiū-tíng hit-tsiah bué-liu khiàu-khiàu ê oo-tshiu
Tshiūnn teh thê-tshínn, tō án-ne tshiùnn,
"Tāu-iû, tāu-iû, khiàm tāu-iû,
Sīnn bah, sīnn bah, ài tāu-iû."

A-kīm sai-nai kóng i uảh-beh thènn-thuí koh tn̄g-tshiú.
A-kū sioh bóo bián lí-iû, ná sioh Ông-bó-niû-niû.
"Guá lâi-khì, suí-bóo--ê an--lah, bián iu-tshiû."
Kiânn-jıp tsàu-kha mih-kiānn khǹg lī-tshiú,
Uī-tioh Tiong-tshiu huan-gîng kū-pîng-iú,
Uī-tioh mài hōo suí-bóo kha-tshiú thiànn-tiuh-tiuh,
I suî huan-thâu tńg-khí tshī-tiûnn kuānn tāu-iû.

A-kū kui-lōo tsáu kah ná tsıt-liap kiû,
Tshin-tshiūnn kha-té ū buah iû, ná-tshiūnn hî-á sūn tsuí siû.
Bé liáu kuánn-kín beh tńg-khì kā khan--ê tàu-kha-tshiú,
Kiann bē-hù, siunn kín-tiunn, tsáu kah khòo-thâu lak tsıt-liap liú.
Tsí-hó tsiànn-tshiú kuānn tāu-iû, tò-tshiú sann-khòo mā tioh khiú.

A-kū piu--tsıt-ê tńg-lâi kàu tshù-tsîng ê tuā-tsâng-tshiū.
Oo-tshiu khuànn-tioh a-kū ê khòo beh-liù beh-liù,

差一屑仔就看著伊的 tsiú-tsiú
笑一下險險仔跋落樹
閣啾啾啾　唱唱唱
阿舅　阿舅　過中秋
烘肉　食柚　賞月娘
阿舅　阿舅　掐豆油
疼某　惜友　足優秀

Tsha tsit-sut-á tō khuànn-tio̍h i ê tsiú́-tsiú,

Tshiò tsit-ē hiám-hiám-á pua̍h-lo̍h tshiū,

Koh tsiu̍h tsiu̍h tsiu̍h, tshiùnn tshiùnn tshiùnn,

"A-kū, a-kū, kuè Tiong-tshiu,

Hang bah, tshia̍h iū, siúnn gue̍h-niû,

A-kū, a-kū, kuānn tāu-iû,

Thiànn bóo, sioh iú, tsiok iu-siù."

A-oo Ē Oh Iû｜阿烏會學游

語詞註解

1. 尖跤幼手：tsiam-kha-iù-tshiú，手腳細嫩不適合粗活。
2. 釉：iu，光滑平順。
3. 幼秀：iù-siù，秀氣、長相纖細、骨架小或氣質優雅。
4. 新婦：sin-pū，媳婦。
5. 欣羨：him-siān，羨慕。
6. 烘肉：hang-bah，烤肉。
7. 沐手：bak-tshiú，沾手。
8. 舞：bú，忙著做某件事。
9. 烏有：oo-iú，付諸流水。
10. 重卌卌：tāng-tsiuh-tsiuh，物品很重。

華台英俗諺快譯通

台 一人擔一擔，也會疊成山。
Tsi̍t-lâng tann tsi̍t tànn, iā ē thia̍p-sîng suann.

華 團結就是力量。

英 Unity is strength.

6.u｜阿舅捔豆油

華台英 音字袂花去

皮膚紬
phuê-hu iu
smooth skin
皮膚細緻

狗仔岫
káu-á-siū
a doghouse
狗窩

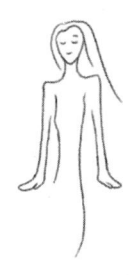

瘦抽
sán-thiu
slender
苗條

押送
ah-sàng
to escort
押送

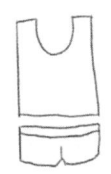

內裡仔
lāi-kah-á
underwear
內衣

胛心肉
kah-sim-bah
pork
肩胛肉

米篩枅
bí-thai-kah
a bamboo sieve
米篩竹器

078　A-oo Ē Ȯh Iû｜阿鳥會學游

問題討論

1. 中秋節過節的食物，你上佮意佗一項？為啥物？

2. 你今仔日有共啥物人鬥相共？請講出情形佮心情。

3. 恁兜中秋節敢有做啥物家庭活動？為啥物？

應答短文

月餅變柚仔

　　中秋節會食月餅、紅柿、柚仔⋯⋯遮的物件。細漢我上愛食月餅，毋過這馬上愛食柚仔。

　　雖然胡蠅貪甜，有中秋月餅通食就歡喜。彼陣我嘛毋是真正愛食月餅，是愛月餅盒仔內底鋪的彼層金爍爍、七彩的金蔥，阮囡仔人上愛提來耍扮公伙仔，抑是共鋪佇家己的鉛筆篋仔內底。一下開開，上夯讀的數學課嘛會心花開。紅柿軟軟閣愛吮皮、會沐手，我是無佮意。柚仔雖然會當耍柚仔帽，毋過白布包酸醋，食荔仔放銃子，食柚仔放蝦米，上恐怖是放彼號臭柚仔屁，會予逐家走甲無地覕，若去便所放柚仔屎，是規間臭甲會毒死鳥鼠。所以我細漢就是胡蠅貪甜，愛欲予鉛筆篋仔婿婿,月餅我上佮意。

　　毋過,這馬我老矣,我感覺月餅傷甜,食著會肥,干焦敢食一兩喙仔啖滋味,顛倒酸微仔酸微的柚仔去飽脹,有維他命C,清腸助消化,才會健康食百二。啊這馬新品種的柿仔,脆脆閣甜甜,我嘛有佮意,食了閣會「事事如意」。總講一句,年歲有矣,我無貪餅甜甜,我愛食果子。

7. ai ....

阿海愛賣菜

阿海生做真可愛
冊讀無路來誠無彩[1]
考試的答案攏毋知
毋過好笑神人人愛
有生緣　人清彩
個性豪邁閣海派
做代誌照步來　萬事到伊攏和解

阿爸講伊善良又閣乖
鬥共款[2] 菜賣菜袂清彩
佮人接接交陪足厲害
冊若讀無莫悲哀
考試無分嘛無敗害　人生無失敗
有人品　有內才　無學歹　大漢仝款有未來
看欲選鄉代抑是欲綴我來賣菜
只要你有心　有愛　做啥物攏會使

阿海對人真和藹　笑神常在
喙水[3] 袂穗　人人愛

A-hái Ài Bē Tshài

A-hái senn-tsò tsin khó-ài,
Tsheh tha̍k bô-lōo-lâi, tsiânn bô-tshái,
Khó-tshì ê tap-àn lóng m̄-tsai,
M̄-koh hó-tshiò-sîn, lâng-lâng ài.
Ū senn-iân, lâng tshing-tshái,
Kò-sìng hô-māi koh hái-phài,
Tsò tāi-tsì tsiàu-pōo-lâi, bān-sū kàu i lóng hô-kái.

A-pah kóng i siān-liông iū-koh kuai,
Tàu kā khuán tshài, bē tshài, bē tshìn-tshái,
Kah lâng tsih-tsiap, kau-puê tsiok lī-hāi.
Tsheh nā tha̍k bô, mài pi-ai,
Khó-tshì bô hun mā bô pāi-hāi, jîn-sing bô sit-pāi
Ū jîn-phín, ū lāi-tsâi, bô o̍h pháinn, tuā-hàn kāng-khuán ū bī-lâi.
"Khuànn beh suán hiong-tāi a̍h-sī beh tuè guá lâi bē-tshài?
Tsí-iàu lí ū-sim, ū ài, tsò siánn-mih lóng ē-saih."

A-hái tuì lâng tsin hô-ái, tshiò-sîn tshiâng-tsāi,
Tshuì-suí bē-bái, lâng-lâng ài.

看著阿公仔笑哈哈
講伊的緣投通人知
看著阿婆仔會司奶[4]
講伊婿甲若祝英台
看著阿伯仔禮數在
呵咾伊疼某鬥搝菜
看著阿姆仔翹目眉
欲買啥物伊攏知
看著姑娘仔伊上愛
講是世界婿的金釵
看著少年家激詼諧[5]
講會來買菜　未來是好翁婿
你來　我來　人人來到菜市仔內　一定揣阿海
看著阿海樂開懷　秤落來　包起來　若咧比賽買菜
阿海閣足慷慨　共逐家當做家己人款待
蔥仔　薑母　芫荽　薟椒仔　佮予你　錢無算在內
大條的有就好　零星的毋免開　予恁大發財

阿海的菜架仔[6]有啥物菜　這馬我來報予恁知
有紫菜　有紅菜[7]
有豆菜　有韭菜
有湯匙仔菜　有蕹菜[8]

Khuànn-tio̍h a-kong--á tshiò-hai-hai,
Kóng in ê iân-tâu thong-lâng-tsai.
Khuànn-tio̍h a-pô--á ē sai-nai,
Kóng in suí kah ná Tsiok Ing-tâi.
Khuànn-tio̍h a-peh--á lé-sòo tsāi,
O-ló in thiànn-bóo tàu kuānn tshài.
Khuànn-tio̍h a-ḿ--á khiàu ba̍k-bâi,
Beh bé siánn-mih i lóng tsai.
Khuànn-tio̍h koo-niû-á i siōng ài,
Kóng sī sè-kài suí ê kim-tshai.
Khuànn-tio̍h siàu-liân-ke kik-khue-hâi,
Kóng ē lâi bé-tshài, bī-lâi sī hó ang-sài.
Lí lâi, guá lâi, lâng-lâng lâi-kàu tshài-tshī-á lāi, it-tīng tshuē A-hái,
Khuànn-tio̍h A-hái lo̍k-khai-huâi,
Tshìn--lo̍h-lâi, pau--khí-lâi, ná teh pí-sài bé-tshài.
A-hái koh tsiok khóng-khài, kā ta̍k-ke tòng-tsò ka-tī-lâng khuán-thāi.
Tshang-á, kiunn-bú, iân-sui, hiam-tsio-á,
kah hōo--lí, tsînn bô sǹg tsāi lāi.
Tuā-tiâu--ê ū tō hó, lân-san--ê m̄-bián khai, hōo lín tuā-huat-tsâi.

A-hái ê tshài-kè-á ū siánn-mih tshài, tsit-má guá lâi pò hōo lín tsai,
Ū tsí-tshài, ū âng-tshài,

著時的果子嘛會割來排
有龍眼　有水梨
有荔枝　有王梨
欲食王梨　阿海閣會共恁刣⁹

阿海共阿爸鼓勵的話記佇心肝內
人有百百款伊攏知　命有萬萬態伊理解
會曉讀冊檢采人生較有大舞台
好佳哉咱有情有義閣有愛
只要善良的心原在
袂曉讀冊猶原是一粒一的人才
像咱賣菜公道閣慷慨
對人和諧袂起歹
拄著風颱欲入來　價數袂共人烏白來
莫怪　莫怪
阿海賣菜　老主顧新人客直直來

賣菜無閒　無法度談戀愛
佳哉神明有安排
人共紹介一个女裙釵

7. ai｜阿海愛賣菜

Ū tāu-tshài, ū kú-tshài,
Ū thng-sî-á-tshài, ū ìng-tshài,
Tio̍h-sî ê kué-tsí mā ē kuah lâi pâi.
Ū lîng-gíng, ū tsuí-lâi,
Ū nāi-tsi, ū ông-lâi,
Beh tsia̍h ông-lâi, A-hái koh ē kā lín thâi.

A-hái kā a-pah kóo-lē ê uē kì tī sim-kuann-lāi,
Lâng ū pah-pah-khuán i lóng tsai, miā ū bān-bān-thài i lí-kái,
Ē-hiáu tha̍k-tsheh kiám-tshái jîn-sing khah ū tuā-bú-tâi.
Hó-ka-tsài lán ū-tsîng-ū-gī koh ū ài,
Tsí-iàu siān-liông ê sim guân-tsāi,
Bē-hiáu tha̍k-tsheh iu-guân sī it-lia̍p-it ê jîn-tsâi.
Tshiūnn lán bē-tshài kong-tō koh khóng-khài,
Tuì lâng hô-hâi bē khí-pháinn,
Tú-tio̍h hong-thai beh jip--lâi, kè-siàu bē kā lâng oo-pe̍h-lâi.
Bo̍k-kuài, bo̍k-kuài,
A-hái bē-tshài, lāu-tsú-kòo, sin-lâng-kheh tit-tit lâi.

Bē-tshài bô-îng, bô huat-tōo tâm-luân-ài,
Ka-tsài sîn-bîng ū an-pâi,
Lâng kā siāu-kài tsit-ê lú-kûn-tshai,

伊的名叫阿彩　善良閣可愛
勇甲若牛會搬菜
阿彩加阿海一步勢煮菜
人客來買菜　料理的手路報你知
阿海逐工褒阿彩
講伊娶的賢妻是天使
阿彩嘛不時呵咾阿海
講伊是籠面的好翁婿

阿海笑甲喙仔裂獅獅
賣菜嘛是誠好的生涯
仝款趁錢發大財
日進千金達三江　生理興隆迵四海 [10]
人生仝款有境界　光明精彩閣自在
平凡平安的人生嘛足可愛

7. ai | 阿海愛賣菜

I ê miâ kiò A-tshái, siān-liông koh khó-ài,

Ióng kah ná gû, ē puann-tshài,

A-tshái ke A-hái tsit-pōo gâu tsú-tshài,

Lâng-kheh lâi bé-tshài, liāu-lí ê tshiú-lōo pò lí tsai.

A-hái ta̍k-kang po A-tshái,

Kóng i tshuā ê hiân-tshe sī thinn-sài,

A-tshái mā put-sî o-ló A-hái,

Kóng i sī láng-bīn ê hó ang-sài.

A-hái tshiò kah tshuì-á li̍h-sai-sai.

Bē-tshài mā-sī tsiânn hó ê sing-gâi,

Kāng-khuán thàn-tsînn huat-tuā-tsâi.

Ji̍t-tsìn-tshian-kim ta̍t sam-kang, sing-lí hing-liông thàng sù-hái,

Jîn-sing kāng-khuán ū kíng-kài, kong-bîng, tsing-tshái, koh tsū-tsāi,

Pîng-huân, pîng-an ê jîn-sing mā tsiok khó-ài.

088　A-oo Ē Ȯh Iû｜阿鳥會學游

語詞註解

1. 無彩：bô-tshái，可惜、枉然。
2. 款：khuán，整理。
3. 喙水：tshuì-suí，口才。
4. 司奶：sai-nai，撒嬌。恣意做出嬌態以博得對方寵愛。
5. 激詼諧：kik-khue-hâi，開玩笑，耍噱頭。
6. 菜架仔：tshài-kè-á，菜攤。
7. 紅菜：âng-tshài，紅鳳菜。
8. 蕹菜：ìng-tshài，空心菜。
9. 刣：thâi，剖開、切開水果及魚類。
10. 迵四海：thàng sù-hái，家喻戶曉。

華台英俗諺俚語翻譯通

台　一人勢一步，一枝草一點露。
　　Tsit-lâng gâu tsit-pōo, tsit-ki tsháu tsit-tiám lōo.

華　天ㄊㄧㄢ 無ㄨˊ 絕ㄐㄩㄝˊ 人ㄖㄣˊ 之ㄓ 路ㄌㄨˋ 。

英　When one door shuts, another opens.

7. ai ｜阿海愛賣菜　089

華台英
音字袂花去

清彩
tshing-tshái
healthy
神清氣爽

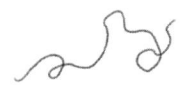

清彩
tshin-tshái
careless
隨便

起歹
khí-pháinn
got angry
惱怒

心肝䆀
sim-kuann bái
mean
壞心腸

破壞
phò-huāi/hāi
to damage
破壞

損害
sún-hāi
to harm
受損

090 A-oo Ē Oh Iû｜阿烏會學游

問題討論

1. 你上愛食啥物果子？為啥物？

2. 你上愛食啥物菜？食起來的滋味是按怎？

3. 你感覺你有啥物優點？有啥物事實證明？

應答短文

蘋果檨

「若欲嬌食果子，若欲巧講台語」是我佇新北市比賽有著等的金句，嘛是我佇公視台語台「全家有智慧」做台語顧問的開場話。食果子佮講台語有影是我性命中誠重要的代誌。我真正足愛食果子的，逐擺食飯飽，毋管偌飽脹，果子照常共食落去，袂輸食飯的胃佮食果子的胃無仝粒。只要是果子，我逐項攏佮意，若硬欲揀一味，想規晡，只好講是檨仔。

檨仔甜甜、酸微仔酸微上佮喙。細漢食土檨仔，會共捏予軟才佇尖尖的頭，咬一空細細空仔，欶檨仔汁，欶焦才吮皮佮吮子。後來有出蘋果檨，就是這馬人講的「愛文」，肉厚汁濟，大細粒拄拄仔好。到今猶是我上佮意的。檨仔咧大出的時，著時閣俗，我會加買寡，趁鮮做伙共皮剾剾咧，肉批批咧，一包一包冰佇冷凍。欲食樣仔冰會使攑仔揬咧，規丸慢慢仔齧，嘛會當若枝仔冰沓沓仔舐，抑是小切一下，擲入去果汁機，摻寡水絞樣仔泥冰，摻牛奶嘛誠讚。因為按呢，我上愛食的蘋果樣會當對五月食甲九月。當然囉，定著愛掛食其他的果子，才有夠氣。

　　果子有豐富的維他命C閣厚水，人當然嘛媠媠媠。毋過，家己褒袂臭臊，我感覺是因為食的時心情歡喜，人才會媠。

8. au ....

阿孝勢飼狗

阿孝勢飼狗　飼九隻狗佇佮兜
三隻大隻的顧門口
六隻細隻的佮伊做伙睏眠床斗[1]
大隻狗細隻狗逐工佇厝吵鬧鬧
喈喈吼[2] 討欲出去走

九隻狗屎尿一工放幾若斗
你半暝　我透早　伊中晝
湆[3] 甲規間臭臭臭
臭味傳到厝邊兜
予人抗議　予人投[4]
較歹的厝邊落人來厝裡鬧
阿孝三拜託　九叩頭　會失禮嘛無效
約束逐工時間到　著愛㧻狗出去走

A-hàu Gâu Tshī Káu

A-hàu gâu tshī-káu, tshī káu-tsiah káu tī in tau.
Sann-tsiah tuā-tsiah--ê kòo mn̂g-kháu,
La̍k-tsiah sè-tsiah--ê kah i tsò-hué khùn bîn-tshn̂g-táu.
Tuā-tsiah káu, sè-tsiah káu, ta̍k-kang tī tshù tshá-nāu-nāu,
Kainn-kainn-háu thó beh tshut-khì tsáu.

Káu-tsiah káu sái-jiō tsi̍t-kang pàng kuí-nā táu,
Lí puànn-mê, guá thàu-tsá, i tiong-tàu,
Kō kah kui-king tshàu-tshàu-tshàu.
Tshàu-bī thuân kàu tshù-pinn-tau,
Hōo-lâng khòng-gī, hōo-lâng tâu,
Khah-pháinn ê tshù-pinn làu-lâng lâi tshù--lí nāu.
A-hàu sann pài-thok, káu khiò-thâu, huē-sit-lé mā bô-hāu,
Iok-sok ta̍k-kang sî-kan kàu, tio̍h-ài tshuā káu tshut-khì tsáu.

阿孝出門著牽九隻狗

欲去外口誠懊惱

一下出門　九隻狗歡喜就猏猏猏

阿孝予個拖咧走

變做九隻狗牽阿孝

到底佗位會當予狗仔四界跑跑走走

公園有囡仔若共人咬

抑是共人逐　害人驚甲揤奋斗 [5]

時到就賠袂了

只好換來去駁岸佮圳溝

阿孝牽九隻狗欲過溝

九隻狗

看著溝仔底的水泍水影嘛有狗

直直吠　一直猏猏猏

阿孝緊過橋　緊過溝

去到大片草埔仔放狗走　伊嘛綴咧走

九隻狗揣大石頭　揣電火柱 [6]

遮鼻遐鼻放尿記號留

證明地盤伊的　伊有行踮到

阿孝誠乖　誠巧　袂穤猴 [7]

8. au | 阿孝勢飼狗

A-hàu tshut-mn̂g tio̍h khan káu-tsiah káu,
Beh khì guā-kháu tsiânn àu-náu.
Tsi̍t-ē tshut-mn̂g, káu-tsiah káu huann-hí tō ngáu-ngáu-ngáu,
A-hàu hōo in thua leh tsáu,
Piàn-tsò káu-tsiah káu khan A-hàu.
Tàu-té tó-uī ē-tàng hōo káu-á sì-kè pháu-pháu tsáu-tsáu?
Kong-hn̂g ū gín-á, nā kā lâng ngáu,
A̍h-sī kā lâng jiok, hāi lâng kiann kah tshia-pùn-táu,
Sî--kàu tō puê bē-liáu.
Tsí-hó uānn lâi-khì poh-huānn kah tsùn-kau.

A-hàu khan káu-tsiah káu beh kuè kau,
Káu-tsiah káu
Khuànn tio̍h kau-á-té ê tsuí-iann, tsuí-iánn mā ū káu,
Ti̍t-ti̍t puī, it-ti̍t ngáu ngáu ngáu.
A-hàu kín kuè kiô, kín kuè kau,
Khì kàu tuā-phiàn tsháu-poo-á pàng káu tsáu, i mā tuè leh tsáu.
Káu-tsiah káu tshuē tuā-tsio̍h-thâu, tshuē tiān-hué-thiāu,
Tsia phīnn hia phīnn, pàng jiō kì-hō lâu,
Tsìng-bîng tē-puânn i ê, i ū kiânn-kha-kàu.

A-hàu tsiânn kuai, tsiânn khiáu, bē bái-kâu,

綴伫尻川後　狗若放屎隨共抔⁸起來包規包

黃金若無抾起來就偷走

掠著　翕著　予人投

警察會共罰錢　會揣伊算數⁹

到時九隻狗罰九條

時到無臺票無美鈔

一定換阿孝喈喈吼

九隻狗屎尿放了輕輕鬆鬆開始走

逐隻狗那傱那鬧

袂輸虼蚤¹⁰草猴跱跱跳

直透透閣分頭走

敢若戰隊射出九支炮

走規晡　走規畫

走甲無力覆伫塗跤兜

忝甲若狗

（狺狺狺，阮本底就是狗）

九隻狗氣力舞了了　體力用透透

恬靜轉去阿孝的厝兜

忝甲無力就袂吠嘛袂吼

厝邊兜無人閣走來投

人人呵咾阿孝有夠势飼狗

8. au | 阿孝嗸飼狗

Tuè tī kha-tshng-āu, káu nā pàng-sái, suî kā put khí-lâi pau kui pau.
Ńg-kim nā bô khioh--khí-lâi tō thau-tsáu,
Liảh--tioh, hip--tioh, hōo lâng tâu,
Kíng-tshat ē kā huat-tsînn, ē tshuē i sǹg-siàu.
Kàu-sî káu-tsiah káu huat káu-tiâu,
Sî--kàu bô Tâi-phiò bô Bí-tshau,
It-tīng uānn A-hàu kainn-kainn-háu.

Káu-tsiah káu sái-jiō pàng liáu, khin-khin-sang-sang khai-sí tsáu.
Tảk-tsiah káu ná tsông ná nāu,
Bē-su ka-tsáu, tsháu-kâu phut-phut-thiàu,
Tit-thàu-thàu koh hun-thâu tsáu,
Kán-ná tsiàn-tuī siā tshut káu-ki phàu.
Tsáu kui-poo, tsáu kui-tàu,
Tsáu kah bô-lat phak tī thôo-kha-tau,
Thiám kah ná káu.
(Ngáu, ngáu, ngáu, gún pún-té tō-sī káu)
Káu-tsiah káu khuì-lat bú liáu-liáu, thé-lat iōng thàu-thàu,
Tiām-tsīng tńg-khì A-hàu ê tshù-tau,
Thiám kah bô-lat tō bē puī mā bē háu.
Tshù-pinn-tau bô lâng koh tsáu-lâi tâu,
Lâng-lâng o-ló A-hàu ū-kàu gâu tshī káu.

A-oo Ē Oh lû ｜阿鳥會學游

阿孝有運動　人精光　肉仁束結　變甲足緣投
聽講有一个媠姑娘叫阿嬌
嘛愛狗　就問路來到阿孝兜
欲請教阿孝是按怎遐勢飼狗
九隻狗煞變做媒人婆仔會使趁紅包

8. au | 阿孝勢飼狗

A-hàu ū ūn-tōng, lâng tsing-kong,
bah-jîn sok-kiat, piàn kah tsiok iân-tâu.
Thiann-kóng ū tsit-ê suí-koo-niû kiò A-kiau,
Mā ài káu, tō mn̄g-lōo lâi-kàu A-hàu tau,
Beh tshíng-kàu A-hàu sī án-tsuánn hiah gâu tshī káu,
Káu-tsiah káu suah piàn-tsò muî-lâng-pô-á ē-sái thàn âng-pau.

A-oo Ē O̍h Iû｜阿鳥會學游

語詞註解

1. 眠床斗：bîn/mn̂g-tshn̂g-táu，床、床鋪。
2. 喈喈吼：kainn-kainn-háu，狗因痛苦而哀叫。
3. 渦：kō，沾、蘸。
4. 投：tâu，告狀。
5. 捙畚斗：tshia-pùn-táu，翻跟斗、翻筋斗。
6. 電火柱：tiān-hué/hé-thiāu，電線桿。
7. 穤猴：bái-kâu，很難應付或長得極為醜陋。
8. 抔：put，把東西掃成堆再撥進容器中。
9. 算數：sǹg-siàu，與人爭執較量，含有報復之意。
10. 蛇蚤：ka-tsáu，跳蚤。

華台英俗諺俚語譯通

台　豬岫毋值狗岫穩，狗岫睏著燒滾滾。
Ti-siū m̄-ta̍t káu-siū ún, káu-siū khùn tio̍h sio-kún-kún.

華　家ㄐㄧㄚ是ㄕˋ最ㄗㄨㄟˋ美ㄇㄟˇ好ㄏㄠˇ的ㄉㄜ˙地ㄉㄧˋ方ㄈㄤ。

英　Be it never so humble, there's no place like home.

8. au ｜阿孝勢飼狗

華台英
音字袂花去

敢若
kán-ná
if/be like
好像

干焦
kan-na
only
只有

虼蚤
ka-tsáu
a flea
跳蚤

虼蚻
ka-tsuáh
a cockroach
蟑螂

嘛嘛吼
mà-mà-háu
to cry
大聲哭

愛哭
ài-khàu
easy to cry
愛哭

問題討論

1. 你敢捌共老師抑是爸母投代誌？請講出情形佮結果。
2. 牽狗仔去外口走愛注意啥物？伊若放屎尿，愛按怎處理？
3. 你敢捌踏著狗屎？你會按怎想？按怎處理？

應答短文

豆仔魚

　　逐家讀冊的時，應該攏捌做過「豆仔魚」共老師投過別人。咱個性平和較吞忍，甲會去共大人投，定著是擋袂牢矣。我小學一年仔的時，坐佇我倒手爿的查埔同學，三不五時就趁我認真咧聽課的時，共我偷㨅喙顊。有夠癲癇，足無尊重。因為我無讀幼稚園，阿公閣叫我讀冊愛乖，我上課足專心，煞定定去予伊不死鬼的行為驚著。氣甲欲死。我先共伊警告，閣共拍倒轉去，伊煞無咧驚，閣照常共我偷㨅幾若擺，我就去共老師投。彼陣一班有56个學生，老師改簿仔都改甲烏天暗地矣，哪有法度插這款囡仔代？雖然我是散赤囡仔，毋過這馬想起來我真正是勇敢的囡仔，除了現共挷開，拍轉去，閣毋驚老師佇頭前上課，我攏隨攑手共老師講。查某老師嘛無伊法度。

人愛自救。後來，便若閣唚過來，我就共拍閣較大力，閣個母仔中晝會牽一台跤踏車來接伊，我就走去共個母仔投，叫伊好好仔教団。伊干焦細聲仔叫伊毋通，我實在氣甲欲死。隔轉工，臭嗾閣倚來矣，我就連紲出手共伊拍甲吼，拍甲伊叫毋敢。小可仔有效。一直到老師講欲換位，我隨攑手大聲講我無愛佮伊坐。好佳哉老師彼擺有聽我的，應該是我一直有共投的紀錄，老師才成全我。彼篏真正予老師排離我足遠，後來別人坐伊邊仔敢有受害，我就毋知。

伊的名我到今攏猶會記得。無拄恨啦！嘛體諒可能囡仔人毋捌，我的人生對兩性嘛無暗影啦！這件讀小學第一改的危機處理，予我理解，投無一定隨有效，毋過有委屈定著愛勇敢講出來，佇人猶未做公親進前，替家己勇敢出聲，嘛愛有保護佮反抗的措施。家己栽一欉，較贏靠別人，公平正義一定愛堅持到成功為止。等我做老師，只要學生來投，我攏認真處理，才袂予個失去對大人和社會的信任。

9. iau

鳥鼠佮貓

鳥鼠仔講伊愛食芋粿曲
貓仔講伊愛食魚仔水餃

叫佢來奕尪仔標
佢講爪曲曲　佢袂曉
叫佢來鬥顧粉鳥
佢講袂曉飛　誠困擾

鳥鼠仔的鼻仔翹翹翹
講伊無閒咧食芋粿曲
貓仔的喝聲喵喵喵
講伊無閒咧食水餃

到底佢是愛食　貧惰　抑是無愛　袂曉

這時天頂飛來一隻鵰
鳥鼠仔佮貓緊旋[1]　緊走　緊跳
驚甲　掣甲　認無娘親佮姨表
芋粿曲佮水餃咬袂牢

Niáu-tshí Kah Niau

Niáu-tshí-á kóng i ài tsiảh ōo-kué-khiau.
Niau-á kóng i ài tsiảh hî-á tsuí-kiáu.

Kiò in lâi ī ang-á-phiau,
In kóng jiáu khiau-khiau, in bē-hiáu.
Kiò in lâi tàu kòo hún-tsiáu,
In kóng bē-hiáu pue, tsiânn khùn-jiáu.

Niáu-tshí-á ê phīnn-á khiàu-khiàu-khiàu,
Kóng i bô-îng teh tsiảh ōo-kué-khiau.
Niau-á ê huah-siann miau-miau-miau,
Kóng i bô-îng teh tsiảh tsuí-kiáu.

Tàu-té in sī ài-tsiảh, pîn-tuānn, ảh-sī bô-ài, bē-hiáu?

Tsit-sî thinn-tíng pue-lâi tsit-tsiah tiau,
Niáu-tshí-á kah niau kín suan, kín tsáu, kín thiàu,
Kiann kah, tshuah kah, jīn bô niû-tshin kah î-piáu.
Ōo-kué-khiau kah tsuí-kiáu kā bē-tiâu,

A-oo Ē Ȯh Iû｜阿鳥會學游

逃之夭夭袂當食好料
走甲目睭倒吊² 強欲烏漚³ 去了了

鳥鼠佮貓目頭結結面皺皺
臨時臨曜⁴ 腹肚枵
看必要　著釘孤枝⁵ 單挑
抑是調虎離山趕大鵰

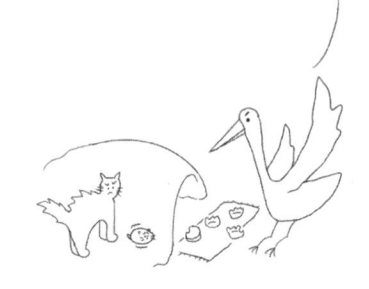

計策想過一條閣一條
分工協調做伙撨⁶
感覺猶是茫茫渺渺誠不妙
氣惱狂飆是加困擾
硬拚無命會變阿飄
祈求天使降臨解救著治療
以後袂閣貪惰袂閣假袂曉

這時　鳥鼠母 niauh-kiauh　貓母妖嬌
行路若像跳國標
後壁有光照　宛然天使展光耀
妙齡媠某看戇翁的㤪無料
目眉刁工⁷ 蹺一下向天挑
伸出指指　叮噹有辦法了

9. iau ｜ 鳥鼠佮貓

Tô-tsi-iau-iau bē-tàng tsiah hó-liāu,
Tsáu kah ba̍k-tsiu tò-tiàu kiōng-beh oo-áu khì-liáu-liáu.

Niáu-tshí kah niau ba̍k-thâu kat-kat bīn jiâu-jiâu,
Lîm-sî-lîm-iāu pak-tóo-iau,
Khuànn pit-iàu, tio̍h tìng-koo-ki tan-thiau,
Ah-sī tiàu-hóo lī-san kuánn tuā-tiau.

Kè-tshik siūnn-kuè tsi̍t-tiâu koh tsi̍t-tiâu,
Hun-kang hia̍p-tiau tsò-hué tshiâu.
Kám-kak iáu-sī bông-bông-biáu-biáu tsiânn put-miāu,
Khì-lóo kông-phiau sī ke khùn-jiáu,
Ngē piànn bô-miā ē piàn a-phiau.
Kî-kiû thinn-sài kàng-lîm kái-kiù tio̍h tī-liâu,
Í-āu bē koh pîn-tuānn, bē koh ké bē-hiáu.

Tsit-sî niáu-tshí-bó niauh-kiauh, niau-bó iau-kiau,
Kiânn-lōo ná-tshiūnn thiàu kok-piau,
Āu-piah ū kng tsiàu, uán-jiân thinn-sài tián kong-iāu.
Miāu-lîng suí-bóo khuànn gōng-ang--ê hiah bô-liāu,
Ba̍k-bâi tiau-kang ngia̍uh--tsi̍t-ē hiòng thinn thiau,
Tshun-tshut kí-tsáinn, tín-tōng, ū pān-huat--liáu.

鳥鼠佮貓頭腦若予繚索縛牢牢
超級巧的窈窕淑女就來說明瞭

想起過去貓掠鳥鼠顧佇鳥鼠仔寮
洞外的貓仔喙嚻嚻[8]　手撓　跤搜　嘛無效
洞內的鳥鼠一泡茶摏九甌　擘塗豆　食麻糍
口面的貓仔無通孝　想著溪底魚上好料　喙瀾津津流
內底的鳥鼠踏蹺　歕簫　耍棋子咧喝到　笑哈哈誠逍遙
外口的貓仔看塗　看草　提石頭來撚骰　著扁之誠見笑[9]
洞內的鳥鼠跳恰恰　放彼號流行調
洞外的貓仔綴咧拍拍等通宵
閣予蠓叮　噗甲若肉包
正抓倒抓　癢甲強強欲起痟
鼠佮貓　延久弓久腹肚攏會枵　定著擋袂牢
為著活命只好相輸若跋筊
交伊拚　活落來日後才閣來算數

9. iau ｜ 鳥鼠佮貓

Niáu-tshí kah niau thâu-náu ná hōo liāu-soh pa̍k tiâu-tiâu,
Tshiau-kip khiáu ê iáu-thiáu siok-lú tō lâi sueh bîng-liâu.

Siūnn-khí kuè-khì niau lia̍h niáu-tshí kòo tī niáu-tshí-á-liâu.
Tōng-guā ê niau-á tshuì hau-hiau,
tshiú ngiáu, kha tshiau, mā bô-hāu.
Tōng-lāi ê niáu-tshí tsi̍t-phàu tê thîn káu-au,
peh thôo-tāu, tsia̍h muâ-láu.
Kháu-bīn ê niau-á bô-thang hàu,
siūnn-tio̍h khe-té-hî siōng-hó-liāu, tshuì-nuā tin-tin lâu.
Lāi-té ê niáu-tshí ta̍h-khiau, pûn siau,
sńg kî-jí teh huah kàu, tshiò-hai-hai, tsiânn siau-iâu.
Guā-kháu ê niau-á khuànn thôo, khuànn tsháu,
the̍h tsio̍h-thâu lâi lián-tāu, tio̍h pínn-tsi tsiânn kiàn-siàu.
Tōng-lāi ê niáu-tshí thiàu tshiah-tshiah, pàng hit-lō liû-hîng-tiāu,
Tōng-guā ê niau-á tuè leh phah-phik tán thong-siau,
Koh hōo báng tìng, phok kah ná bah-pau,
Tsiànn jiàu, tò jiàu, tsiūnn kah kiōng-kiōng beh khí-siáu.
Tshí kah niau tshian kú, king kú pak-tóo lóng ē iau,
tiānn-tio̍h tòng-bē-tiâu,
Uī-tio̍h ua̍h-miā tsí-hó sio-su ná pua̍h-kiáu,
Kiau i piànn, ua̍h--lo̍h-lâi ji̍t-āu tsiah-koh lâi sǹg-siàu.

這時鳥鼠聽著外口狗仔吠甲若咧搞
想講這聲好勢了
貓仔定著驚甲拚咧走
鳥鼠困擾盡消
準備出門飄撇享受風瀟瀟
哪知隨出洞口隨入貓爪
啊　原來狗仔聲是假包　彼是貓仔的變竅 [10]
貓仔有學第二語言　有夠勢　有夠巧
鳥鼠無死嘛烏漚　怨嘆書到用時方恨少
若是伊有學第二語言先吠貓
代誌就袂舞甲遮大條

講過去講袂了　解決目前上重要
窈窕的鼠母清嚨喉　講人類的喉聲咱會曉
愛嬌的貓母激聲嗽　講拍獵的撇步咱明瞭
一兩三　人聲　銃聲　鑼鼓聲齊齊到
迸迸迸　磅磅磅　全聲閣全調
大鵰驚甲拋輾斗欲起痟
無法度顧伊大腸告小腸腹肚枵
長嘯三聲飛轉去寫遠的天頂展雄梟

9. iau ｜ 鳥鼠佮貓

Tsit-sî niáu-tshí thiann-tiȯh guā-kháu káu-á puī kah ná teh kiāu.

Siūnn-kóng tsit-siann hó-sè--liáu,

Niau-á tiānn-tiȯh kiann kah piànn leh tsáu.

Niáu-tshí khùn-jiáu tsīn siau,

Tsún-pī tshut-mn̂g phiau-phiat, hiáng-siū hong-siau-siau.

Ná-tsai suî tshut tōng-kháu suî jı̍p niau-jiáu,

Ah! Guân-lâi káu-á-siann sī ké-pâu, he sī niau-á ê piàn-khiàu.

Niau-á ū ȯh tē-jī gí-giân, ū-kàu gâu, ū-kàu khiáu,

Niáu-tshí bô sí mā oo-áu, uàn-thàn su tò iōng--sî hong hūn siáu.

Nā-sī i ū ȯh tē-jī gí-giân sing puī niau,

Tāi-tsì tō bē bú kah tsiah tuā-tiâu.

Kóng kuè-khì kóng bē-liáu, kái-kuat bȯk-tsîng siōng tiōng-iàu.

Iáu-thiáu ê tshí-bú tshing nâ-âu,

Kóng jîn-luī ê âu-siann lán ē-hiáu,

Ài-kiau ê niau-bú kik-siann-sàu,

Kóng phah-lȧh ê phiat-pōo lán bîng-liâu.

Tsit nn̄g sann, lâng-siann, tshìng-siann, lô-kóo-siann, tsiâu-tsiâu-kàu,

Piáng piáng piáng, póng póng póng, kāng siann koh kāng tiāu.

Tuā-tiau kiann kah pha-liàn-táu, beh khí-siáu,

Bô-huat-tōo kòo i tuā-tn̂g kò sió-tn̂g pak-tóo-iau,

Tn̂g siàu sann siann pue tn̂g-khì tiàu-uán ê thinn-tíng tián hiông-hiau.

莫貧惰　莫講學袂曉
第二語言學起來會變竅　會變巧
佇社會走跳
危險的代誌閃會掉　歹人趕會走
閣會比人較有才調
成功就會定定共你噯噯噯
人生飄撇閣美妙　日日有光照
啊就會當安心仔食芋粿曲　食魚仔水餃

9. iau | 鳥鼠佮貓

Mài pîn-tuānn, mài-kóng o̍h bē-hiáu,

Tē-jī gí-giân o̍h--khí-lâi ē piàn-khiàu, ē piàn khiáu.

Tī siā-huē tsáu-thiàu,

Guî-hiám ê tāi-tsì siám ē tiāu, pháinn-lâng kuánn ē tsáu,

Koh ē pí lâng khah ū tsâi-tiāu,

Sîng-kong tō ē tiānn-tiānn kā lí iaunn iaunn iaunn,

Jîn-sing phiau-phiat koh bí-miāu, ji̍t-ji̍t ū kng tsiàu.

Ah tō ē-tàng an-sim-á tsia̍h ōo-kué-khiau, tsia̍h hî-á tsuí-kiáu!

A-oo Ē Oh Iû ｜阿烏會學游

語詞註解

1. 旋：suan，反轉回繞，也引申為逃跑，即溜。
2. 倒吊：tò-tiàu，把人或物品倒懸，這裡指翻白眼。
3. 烏漚：oo-áu，半死不活。
4. 臨時臨曜：lîm/liâm-sî-lîm/liâm-iāu，事到臨頭。
5. 釘孤枝：tìng-koo-ki，單挑、一對一。雙方都一人出戰。
6. 撨：tshiâu，商討、商議、達成共識。
7. 刁工：thiau/tiau-kang，故意。
8. 嘐嘐：hau-hiau，大聲嚷叫。
9. 見笑：kiàn-siàu，羞恥、羞愧。
10. 變竅：piàn-khiàu，通權達變、隨機應變。

華台英俗諺快譯通

台 錢銀較濟用會了，本事怎磨磨袂消。
Tsînn-gîn khah tsē iōng ē liáu, pún-sū tsuánn buâ buâ bē siau.

華 知ㄓ 識ㄕˋ 就ㄐㄧㄡˋ 是ㄕˋ 力ㄌㄧˋ 量ㄌㄧㄤˋ。

英 Knowledge is power.

9. iau ｜ 鳥鼠佮貓

華台英
音字袂花去

尪仔標
ang-á-phiau
a toy card
紙牌

海翁
hái-ang
a whale
鯨魚

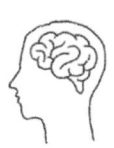

頭腦
thâu-náu
a brain
頭腦

氣惱
khì-lóo
angry
惱怒

煩惱
huân-ló
worried
煩惱

懊惱
àu-náu
frustrated
懊悔

問題討論

1. 你學過啥物對你的人生有正面影響的物件？你前後有啥物改變？

2. 除了英語，你會學啥物第二語言？為啥物？

3. 你感覺家己是骨力抑是貧惰的人？為啥物？

應答短文

拍字

　　人講「智慧無底，錢銀僫買」，日子逐工過，時代咧變，若舊的抱牢牢，新的就袂曉。一定愛食一歲學一歲，生活的趣味就有夠濟。

　　我足愛學物件。高中就綴阮二姊學英語拍字，大學的時去揣工讀，因為我講我知影按怎拍字，誠緊就揣著工課。讀外文系拍字緊，當然嘛較有自信。閣我大學就去學駛車，了後世界因為路的延伸就一直楦闊。閣在膽駛去山頂教冊。好佳哉我毋是干焦會曉騎跤踏車佮踏 oo-tóo-bái。

　　足濟代誌雖然心內驚驚，毋過我攏鼓勵家己，毋是歹代誌就值得好好仔學，有一工用會著。像我 2000 年的時，學校問看有人欲去台語研習無,我隨講好。我對教會羅馬字開始學,到今台語改變我的性命佮靈魂,予我揣著台語人的自信,閣較親近土地。予我提著台語博士,閣下願一世人做台語工課,予人生閣較有意義。2002年的時,我做資料組長佮技藝班的學生囡仔去職業試探。高職退的老師拍字用『嘸蝦米』誠好耍,我就自動討欲學。一項物件浸三個月到半年一定有成果,這佮我以前讀外文系浸佇《空中英語》全款,捷聽捷講捷做,就學起來矣,閣變做習慣。英語佮漢字的拍字比人拍較緊,工課做比人較快,思考袂予拍字傷慢切斷去,特別是咱台語字除了幾字仔造字的,只要有形就拍會出來,逐工做台語,心情攏歡喜。

我家己到這个歲,深深體會天公伯仔對咱人的設計,你拄著的每一項代誌,連失去機會、一時懊惱的,嘛是上好的機會。三冬五冬就會了解一切天安排,會感恩天地有愛。

總講一句,讀入去頭殼的物件才是你的,人提袂走。代誌拄著矣,就好好仔學習,工夫學起來,家私攢予齊,天公伯仔自然會予你展現佮做功德的機會。

10. io ....

搖啊搖過吊橋

古早有路無車　娶某著坐轎　㧣[1]啊㧣　搖啊搖
這馬阮兜蹛佇半山腰
山頂有路無橋　兩粒山欲相連著鋪橋
雖然山頂人較少
毋過農產著送落山跤趁銀票
庄裡的頭人起鼓趕緊邀
四界招　要求政府鬥鋪橋
講欲載弓蕉　載蕷蕎[2]　載山胡椒
拜託政府緊訂時間表
工程毋才會赴通招標

阮庄的人口閣袂少
上好鋪一條南來北往的石橋
上無起一條人行物過的吊橋
上山落山通減行幾若千公尺
現挽的農產才通保鮮沢
送到人客的手裡閣燒燒
人客收著就會笑
阮就驕傲閣𪹚趒[3]

Iô ah Iô Kuè Tiàu-kiô

Kóo-tsá ū lōo bô tshia, tshuā-bóo tio̍h tsē kiō, sìm ah sìm, iô ah iô.
Tsit-má gún tau tuà tī puànn-suann-io,
Suann-tíng ū lōo bô kiô, nn̄g-lia̍p suann beh sio-liân tio̍h phoo kiô.
Sui-jiân suann-tíng lâng khah tsió,
M̄-koh lông-sán tio̍h sàng-lo̍h suann-kha thàn gîn-phiò.
Tsng--lí ê thâu-lâng khí-kóo kuánn-kín io, sì-kè tsio,
Iau-kiû tsìng-hú tàu phoo kiô,
Kóng beh tsài king-tsio, tsài ò-giô, tsài suann-hôo-tsio,
Pài-thok tsìng-hú kín tīng sî-kan-pió,
Kang-tîng m̄-tsiah ē-hù thang tsio-pio.

Guán tsng ê jîn-kháu koh bē-tsió,
Siōng-hó phoo tsi̍t-tiâu lâm-lâi pak-óng ê tsio̍h-kiô.
Siōng-bô khí tsi̍t-tiâu lâng kiânn mi̍h kuè ê tiàu-kiô.
Tsiūnn-suann lo̍h-suann
thang kiám kiânn kuí-nā tshing kong-tshioh,
Hiān-bán ê lông-sán tsiah-thang pó tshinn-tshioh,
Sàng-kàu lâng-kheh ê tshiú--lí koh sio-sio,
Lâng-kheh siu--tio̍h tō ē-tshiò,
Gún tō kiau-ngōo koh tshio-tiô.

阮暝日趁錢攏無歇
阮散赤毋驚人恥笑 [4]
阮顧面底皮毋願共人借
毋過厝裡的婿某嘛著惜
么二三四五个幼囝嘛著育
綿瀾作稠　抾寡銀票買棉襀 [5]
嘛想欲換一領新草蓆
婿某的才袂怨嘆目睭糊著蜊仔肉嫁毋著
詼講睏破三領蓆　掠伊心肝掠袂著
笑我若趁無錢　一世人就是做小腳 [6]
伊僥疑的眼神可比攑棍仔共我拊 [7]
害我傷心甲　驚甲雙跤軟趖趖 [8]

阮某閣哀叫　本底嫁翁是向望有日炤
哪知金枝玉葉無做公主王后
煞嫁來山頂擔蔥挽茄　袂輸食毒藥
拄著歹年冬我頭殼就揞咧燒 [9]
看橐袋仔底的紙票遐爾少
生活艱苦可比刀咧割
心肝想著足礙虐 [10]
路裡若有金仔角　拜託你好心報我抾

10. io | 搖啊搖過吊橋

Gún mê-jit thàn-tsînn lóng bô hioh,

Gún sàn-tshiah m̄-kiann lâng thí-tshiò,

Gún kòo bīn-té-phuê, m̄-guān kā lâng tsioh,

M̄-koh tshù--lí ê suí-bóo mā tio̍h sioh,

Io jī sann sì gōo ê iù-kiánn mā tio̍h io.

Mî-nuā tsoh-sit, khioh kuá gîn-phiò bé mî-tsioh,

Mā siūnn beh uānn tsit-niá sin tsháu-tshio̍h,

Suí-bóo--ê tsiah bē uàn-thàn ba̍k-tsiu kôo-tio̍h lâ-á-bah kè m̄-tio̍h.

Khue kóng khùn-phuà sann-niá tshio̍h, lia̍h i sim-kuann lia̍h bē-tio̍h,

Tshiò guá nā thàn-bô-tsînn, tsit-sì-lâng tō sī tsò sió-kioh.

I giâu-gî ê gán-sîn khó-pí gia̍h kùn-á kā guá ió,

Hāi guá siong-sim kah, kiann kah siang-kha nńg-siô-siô.

Gún bóo koh ai-kiò, pún-té kè-ang sī n̂g-bāng ū jit tshiō,

Ná tsai kim-ki gio̍k-hio̍h bô tsò kong-tsú ông-hiō,

Suah kè lâi suann-tíng, tann tshang bán kiô, bē-su tsia̍h to̍k-io̍h.

Tú-tio̍h pháinn-nî-tang, guá thâu-khak tō mooh leh sio,

Khuànn la̍k-tē-á-té ê tsuá-phiò hiah-nī tsió,

Sing-ua̍h kan-khóo khó-pí to teh liô,

Sim-kuann siūnn-tio̍h tsiok ngāi-gio̍h,

Lōo--lí nā ū kim-á-kak, pài-thok lí hó-sim pò guá khioh.

拜託天公伯仔上帝公共阮惜
我無欲懷念少年的時陣穿佮俏
一百公尺走幾秒
我欲求恁賜吊橋　予我的農產銷量有達標
家庭的重擔我會歡喜挑
作田　顧鼎　顧窯　共囡仔搦屎搦尿
在某吩咐　在某叫　閣較艱苦嘛面仔笑笑笑
我欲佮婿某相攬腰
心連心到白頭
一山過一山　一橋過一橋
阮欲輕輕鬆鬆　搖啊搖　過吊橋

Pài-thok Thinn-kong-peh-á, Siōng-tè-kong kā gún sioh,
Guá bô beh huâi-liām siàu-liân ê sî-tsūn tshīng guā tshio,
Tsit-pah kong-tshioh tsáu kuí bió.
Guá beh kiû lín sù tiàu-kiô,
Hōo guá ê lông-sán siau-liōng ū tàt-pio.
Ka-tîng ê tāng-tànn guá ē huann-hí thio,
Tsoh-tshân, kòo tiánn, kòo iô, kā gín-á làk-sái-làk-jiō,
Tsāi bóo huan-hù, tsāi bóo kiò,
Koh-khah kan-khóo mā bīn-á tshiò-tshiò-tshiò.
Guá beh kah suí-bóo sio lám io,
Sim liân sim kàu pik-thiô,
Tsit suann kuè tsit suann, tsit kiô kuè tsit kiô.
Gún beh khin-khin-sang-sang, iô-ah-iô, kuè tiàu-kiô.

語詞註解

1. 䀆：sìm，上下晃動、上下彈動。
2. 蕻蕘：ò-giô，愛玉子、愛玉。
3. 鵤趒：tshio-tiô，動植物活躍茂盛的樣子。
4. 恥笑：thí-tshiò，嘲笑、譏笑。
5. 棉襀：mî-tsioh，用棉花纖維製成的被胎。
6. 小腳：sió-kioh，小角色。
7. 抲：ió，以棍棒往人體橫向擊打。
8. 軟荍荍：nńg-siô-siô，有氣無力的樣子。
9. 揾咧燒：mooh leh sio，焦頭爛額。
10. 礙虐：gāi/ngāi-gio̍h，彆扭、不順、覺得不舒服。

華台英俗諺俚語譯通

台　有心拍石石成穿，有心開山山成園。
Ū sim phah tsio̍h, tsio̍h tsiânn tshng;
ū sim khui suann, suann tsiânn hn̂g.

華　天下無難事，只怕有心人。

英　Little strokes fell great oaks.

10. io ｜ 搖啊搖過吊橋　125

華台英
音字袂花去

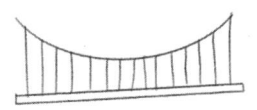

吊橋
tiàu-kiô
a suspension bridge
吊橋

輦轎
lián-kiō
a sedan
轎子

轎車
kiau-tshia
a car
汽車

撟人
kiāu--lâng
to scold
用髒話罵人

妖嬌
iau-kiau
coquettish; sweet; charming
嬌媚

喬裝
kiâu-tsong
to disguise; to pretend
喬裝

問題討論

1. 你敢有想欲嫁娶無仝族群的人？為啥物？

2. 你相信命運的安排抑是相信個人的選擇？為啥物？

3. 佗一條橋予你印象上深？請形容伊的形，閣講為啥物？

應答短文

血緣佮語言

若時間會使重來，我想欲嫁予仝族群的。人生是天公伯仔咧安排，毋過咱猶是有選擇權。

我 20 歲的時熟似阮翁，彼時伊 25 歲，一直共我講伊想欲揣仝族的原住民。一字一字聽甲足傷心，毋過刁工假影聽無，閣過頭自信家己青春迷人，無咧驚人比。我叫伊家己決定。最後伊娶我這个「歹人 (Pai-láng)」。阮用善良佮認真建構有食有穿的家庭，飼兩个好囝，就足感恩矣。毋過，斟酌共想，伊是委屈閣無勇氣做家己；我是縛佇傳統思維內底。幾十冬來，毋但我無自在，伊嘛無自由。

無仝族群，食食、習慣、價值觀、做代誌佮親疏的站節無全。五十歲過,兩人攏想欲做家己,伊現出顧族群、無顧家的原形。夢醒一場空,原來自頭到尾根本無共我當做家己人。半老老連鞭欲百歲年老,毋是愛著較慘死,就會當共三不五時的凝心擎予平。所以叫家己嘛著歡喜過,無閒家己的,日子一工一工過。

我有顧台語的良心佮使命,閣用「嫁雞綴雞飛,嫁狗綴狗走」的傳統框家己,疼惜原住民個才佔 2% 的人口,我破壞人血緣,愛還人語言。我就起愛心,陪阮查某囝去學「父語」、「美語」,我家己百般台語武藝,像雲,像風,四界飛。

語言佮文化會牽相倚,學啥物語言誠緊就會變做彼款人,到今囡仔較倚伊彼爿,嘛是我做得來的。翁的心若佇庄跤、無共咱惜,實在有人生了然的孤單。今棺柴早就踏一跤,會曉感恩就萬事好,平靜、平安就無煩惱。誠欣羨仝族群嫁娶,定著較理解、較自在。時間無法度重來,干焦想爾,嘛袂當按怎。

11. im ············

阿欽彈琴

林錦欽的阿母是主任
對學生有疼心
對家庭有責任
自細漢古錐　貼心　愛彈琴
個性大方袂陰鴆[1]
心內有苦攏會忍
忍甲烏塗變成金

阿欽知影阿母愛樂音
決定欲學西洋鋼琴
彈愛情歌動人心
彈囡仔歌尋童心
彈臺灣民謠沉浸本土心
彈甲變做國際有名的評審
換去學傳統的鑠仔[2] 錚錚鑠

阿欽的小妹是阿欣
寢學拍拍　學聽音
上愛台語的盤喙錦[3]

A-khim Tuânn Khîm

Lîm Gím-khim ê a-bú sī tsú-jīm,
Tuì ha̍k-sing ū thiànn-sim,
Tuì ka-tîng ū tsik-jīm.
Tsū sè-hàn kóo-tsui, tah-sim, ài tuânn khîm,
Kò-sìng tāi-hong bē im-thim.
Sim-lāi ū khóo lóng ē jím,
Jím kah oo-thôo piàn-sîng kim.

A-khim tsai-iánn a-bú ài ga̍k-im,
Kuat-tīng beh o̍h se-iûnn kǹg-khîm,
Tuânn ài-tsîng-kua tōng jîn-sim,
Tuânn gín-á-kua sîm tông-sim,
Tuânn Tâi-uân bîn-iâu tîm-tsìm pún-thóo-sim,
Tuânn kah piàn-tsò kok-tsè ū-miâ ê phîng-sím.
Uānn khì o̍h thuân-thóng ê tshîm-á tshānn-tshānn-tshîm.

A-khim ê sió-muē sī A-him,
Tshím o̍h phah-phik, o̍h thiann-im,
Siōng ài Tâi-gí ê puânn-tshuì-gím,

上有斟酌⁴的台語心
阿爸疼伊若明珠　若人參
深深支持伊共節奏音樂囥在心
望伊台語詩詞嘛著吟

阿欽的小弟是阿森
定定佇砼簷跤抾石頭烏白抌⁵
阿爸氣甲抽掃梳仔㧎
阿母共擋　叫阿爸著小惦
予囝機會　罰徛禁耍就過心

阿欽的阿嬤是沈琳琳
出世好額定食冰淇淋
阿叔緣投勇甲若烏熊
毋過歹癖貪杯足愛啉
起酒痟自稱是皇是朕
家己幾兩重攏毋捌掂⁶
阿嬤凝心煞無法度禁
阿叔共討飯錢嘛著摒⁷

阿叔抐錢啉甲夜深深
眾人講伊傷諏足雄心⁸

11. im | 阿欽彈琴

Siōng ū tsim-tsiok ê Tâi-gí-sim.

A-pah thiànn i ná bîng-tsu, ná jîn-sim,

Tshim-tshim tsi-tshî i kā tsiat-tsàu im-ga̍k khǹg tsāi sim,

Bāng i Tâi-gí si-sû mā tio̍h gîm.

A-khim ê sió-tī sī A-sim,

Tiānn-tiānn tī gîm-tsînn-kha khioh tsio̍h-thâu oo-pe̍h tìm.

A-pah khì kah thiu sàu-se-á-gím,

A-bú kā tòng, kiò a-pah tio̍h sió sīm,

Hōo kiánn ki-huē, hua̍t-khiā, kìm sńg tō kuè-sim.

A-khim ê a-tsím sī Sím Lîm-lîm,

Tshut-sì hó-gia̍h tiānn tsia̍h ping-kî-lîm.

A-tsik iân-tâu, ióng kah ná oo-hîm,

M̄-koh pháinn-phiah, tham-pue, tsiok ài lim,

Khí-tsiú-siáu tsū-tshing sī hông sī tīm,

Ka-tī kuí-niú-tāng lóng m̄-bat tìm.

A-tsím gîng-sim suah bô-huat-tōo kìm.

Ah-tsik kā thó pn̄g-tsînn mā tio̍h jîm.

A-tsik gīm tsînn lim kah iā-tshim-tshim.

Tsìng-lâng kóng i siunn hàm, tsiok hiông-sim.

暗路行久的確予鬼噯
警察路檢定著罰重金
若是害人命休抑歸陰
無彩爸母食菜閣燒金
阿叔真正去予警察擒
甕雞籠知死才毋敢啉
毋過早就害某足傷心
阿嬸堅心無欲閣共枕
好佳哉祖公仔有致蔭
阿叔收跤洗手⁹共酒禁
贏得阿嬸轉意閣回心

阿欽的阿姈是林金箴
蹛佇海垷上愛掠紅蟳
蟳仔管共夾嘛袂擔心
厝埕闊闊闊有飼家禽
雞鴨顧甲毛彩金金金
起灶炊蟳燖雞摻人參
送去阿欽佮兜予主任

阿欽鼻著紅蟳囥落鑊
阿欣隨停毋唸盤喙錦

11. im | 阿欽彈琴

Àm-lōo kiânn kú tik-khak hōo kuí tsim,
Kíng-tshat lōo-kiám tiānn-tio̍h hua̍t tāng-kim,
Nā sī hāi lâng miā hiu ia̍h kui-im,
Bô-tshái pē-bú tsia̍h-tshài koh sio-kim.
A-tsik tsin-tsiànn khì hōo kíng-tshat khîm,
Nn̄g-ke-lam tsai-sí tsiah m̄-kánn lim.
M̄-koh tsá tiō hāi bóo tsiok siong-sim,
A-tsím kian-sim bô beh koh kiōng-tsím.
Hó ka-tsài tsóo-kong-á ū tì-ìm,
A-tsik siu-kha-sé-tshiú kā tsiú kìm,
Îng-tit a-tsím tsuán-ì koh huê-sim.

A-khim ê a-kīm sī Lîm Kim-tsim,
Tuà tī hái-kînn, siōng ài lia̍h âng-tsîm,
Tsîm-á-kóng kā ngeh, mā bē tam-sim.
Tshù-tiânn khuah-khuah-khuah ū tshī ka-khîm,
Ke ah kòo kah môo-tshái kim-kim-kim.
Khí tsàu, tshue tsîm, tīm ke tsham jîn-sim,
Sàng khì A-khim in tau hōo tsú-jīm.

A-khim phīnn tio̍h âng-tsîm khǹg lo̍h tshîm,
A-him suî thîng m̄-liām puânn-tshuì-gím,

阿森罰徛罰滿免閣禁
攏出來叫阿姈等食蟳
食食開講直到夜深深

感謝阿姈的雞湯燖人參　閣有炊紅蟳
食煞林主任喝团緊入寢
千叮嚀萬叮嚀　那講那嗳 [10]
教俍　用心過日　親近樂音
上讚是保持台語情　本土心
耍石頭嘛袂當烏白扰
毋通像阿叔遐愛啉　害阿嬸遐傷心
做人著像阿姈足感心
對家己的未來愛負責任
莫予爸母操煩就是有孝心
按呢的囡仔才是巧閣貼心

11. im | 阿欽彈琴

A-sim hua̍t-khiā hua̍t muá bián koh kìm,
Lóng tshut-lâi kiò a-kīm, tán tsia̍h tsîm,
Tsia̍h-sit khai-káng tit-kàu iā-tshim-tshim.

Kám-siā a-kīm ê ke-thng tīm jîn-sim, koh ū tshue-âng-tsîm.
Tsia̍h-suah Lîm-tsú-jīm huah kiánn kín jip-tshím,
Tshian ting-lîng bān ting-lîng, ná kóng ná tsim,
Kà in, "iōng-sim kuè-ji̍t tshin-kīn ga̍k-im,
Siōng tsán sī pó-tshî Tâi-gí-tsîng, pún-thóo-sim,
Sńg tsio̍h-thâu mā bē-tàng oo-pe̍h tìm.
M̄-thang tshiūnn a-tsik hiah ài lim, hāi a-tsím hiah siong-sim.
Tsò-lâng tio̍h tshiūnn a-kīm tsiok kám-sim.
Tuì ka-tī ê bī-lâi ài hū-tsik-jīm,
Mài hōo pē-bú tshau-huân tō sī ū hàu-sim,
Án-ne ê gín-á tsiah-sī khiáu koh tah-sim."

語詞註解

1. 陰鴆：im-thim，陰沉。性格深沉，不易表露心事。
2. 鑱仔：tshîm-á，小型的鏡鈚。
3. 盤喙錦：puânn-tshuì-gím/kím，繞口令。
4. 斟酌：tsim-tsiok，特別仔細專注做某事。
5. 扰：tìm，投、擲、丟。
6. 掂：tìm，用手估量物體的輕重。
7. 撏：jîm/lîm，掏。
8. 雄心：hiông-sim，狠心。
9. 收跤洗手：siu-kha-sé/sué-tshiú，改過自新。
10. 唚：tsim，親嘴或臉、接吻。

華台英俗諺快譯通

台 多藝多師藝不精，專精一藝可成名。
To gē to su gē put tsing, tsuan tsing it gē kó sîng-bîng.

華 樣樣通，樣樣鬆。

英 A man of all trades is master of none.

11. im ｜阿欽彈琴

華台英
音字袂花去

相尋
sio-siâm
to hug
相擁

撏錢
jîm/lîm tsînn
to take out money
從口袋摸錢

燖補
tīm-póo
to stew
燉補

紅蟳
âng-tsîm
a crab
螃蟹

喙脣
tshuì-tûn
lips
嘴唇

緣投
iân-tâu
handsome
帥

著蔫
tio̍h iân
a worm attack
葉子被蟲咬

問題討論

1. 你敢有佮意音樂課？為啥物？

2. 你家己的優點是啥物？會當按怎發揮？

3. 請講出別人對你做過、足感心的代誌。你想欲共伊講啥物？

應答短文

天然的樂器

　　阮兜細漢足散赤，無錢學彈琴，音樂課是我親近音樂的方式。我嘛會共大自然當做音樂教室，彼時阮籬仔內是舊高雄市東南爿的農業區，免錢的音樂就是聽大自然的蟲豸佮鳥聲、囡仔耍甲嘎嘎叫的聲，抑是厝邊飼的雞仔、貓仔、狗仔遮的細隻動物的叫聲。

　　阮兜散赤，嘛無錢讀幼稚園，小學第一工讀冊報到，頭擺聽著風琴出來的聲，感覺足好聽。老師彼時彈〈穩鴨仔〉，「呱呱呱呱呱……」啊，我袂曉唱！我目識好，綴會曉的同學烏白搖、烏白唱。了後，拄著音樂課我上歡喜，因為閣會使唱歌、跳舞矣。

11. im｜阿欽彈琴

　　我嘛感謝我有天生自然的樂器，就是袂穤聽的聲音，歌聲佮音準閣會使。散赤無學鋼琴無要緊，只要會曉聽、會曉唱，仝款會當行入音樂的世界。我小學五年仔學校有合唱團，我有參加，學著上台的自信佮優雅，嘛養成顧團體的和諧佮聽別人的聲，知影佗位愛落拍。我嘛足愛歌詞內底的文學性，成做我一世人文學趣味的源泉。國中我嘛是合唱班。高中阮班的合唱全校第一名。大學我參加成大合唱團。

　　我有一个音樂課誠好耍的記持，以前高中的音樂老師足嚴格人人驚，我彼陣定定教同學唱，助個過關。想袂到唱歌會當救人，誠讚。這馬我嘛是愛唱歌，嘛了解我有天然的樂器，安佇身軀內。

12. in ....

郭敏有品無過敏

郭敏出世下港[1] 的鄉鎮
阿公講勤勤勤才是人上人
咱是艱苦的貧民
若是大漢有翻身
對待眾生愛憐憫
才通答謝神明恩
郭敏讀冊真認真
大漢變做大美人
熟似[2] 一个緣投囡仔叫秦斌

秦斌出世偏鄉的海濱
伊是自由共享原住民
共享的慣勢[3] 非一般人
盡趁盡分盡掖[4] 予族人
若共郭敏族人提來秤
郭敏無半兩煞減一斤
價值認知兩人無倚近
心思判斷全無鬥仝陣

Kueh Bín Ū-phín Bô Kuè-bín

Kueh Bín tshut-sì ē-káng ê hiong-tìn,
A-kong kóng, "khîn khîn khîn tsiah sī jîn-siōng-jîn.
Lán sī kan-khóo ê pîn-bîn,
Nā-sī tuā-hàn ū huan-sin,
Tuì-thāi tsiòng-sing ài lîn-bín,
Tsiah thang tap-siā sîn-bîng-in."
Kueh Bín thak-tsheh tsin jīn-tsin,
Tuā-hàn piàn-tsò tuā-bí-jîn,
Sik-sāi tsit-ê iân-tâu gín-á kiò Tsîn Pin.

Tsîn Pin tshut-sì phian-hiong ê hái-pin,
I sī tsū-iû kiōng-hiáng guân-tsū-bîn.
Kiōng-hiáng ê kuàn-sì hui it-puann jîn,
Tsīn thàn tsīn pun, tsīn iā hōo tsok-jîn.
Nā kā Kueh Bín, tsok-jîn theh lâi tshìn,
Kueh Bín bô puànn niú suah kiám tsit kin.
Kè-tat, jīn-ti nn̄g lâng bô uá-kīn,
Sim-su, phuànn-tuàn tsuân bô tàu kāng-tīn.

郭敏少年是美人
忠勤嫻淑足有品
紳士勞人想親近
文質彬彬仁仁仁
隨緣隨天隨在神
先來後到守信憑
秦斌好運得美人
袂曉珍惜閣儑面 [5]
食酒搶錢毋承認
族人要緊郭敏輕
定害郭敏淚洗面

濟年戀愛結聯姻
哪知秦斌無憐憫
郭敏想著心足清 [6]
不時目屎津手絹
一粒上無一千斤
手絹挼焦換面巾
凝甲強欲拋捙輪 [7]
目睭睨甲旋紅藤
面仔硌甲浮青筋
睏袂落眠掛急診

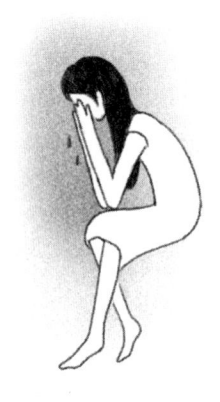

12. in | 郭敏有品無過敏

Kueh Bín siàu-liân sī bí-jîn,
Tiong-khîn hiân-siok tsiok ū-phín.
Sin-sū, gâu-lâng siūnn tshin-kīn,
Bûn-tsit pin-pin jîn-jîn-jîn.
Suî iân suî thinn suî-tsāi sîn,
Sing lâi hiō kàu siú sìn-pîn.
Tsîn Pin hó-ūn tit bí-jîn,
Bē-hiáu tin-sioh koh gām-bīn,
Tsiàh-tsiú iap-tsînn m̄ sîng-jīn,
Tsòk-jîn iàu-kín Kueh Bín khin,
Tiānn hāi Kueh Bín luī sé bīn.

Tsē-nî luân-ài kiat liân-in.
Ná tsai Tsîn Pin bô lîn-bín,
Kueh Bín siūnn tiòh sim tsiok tshìn,
Put-sî bàk-sái tin tshiú-kìn,
Tsit-liàp siōng bô tsit-tshing kin,
Tshiú-kìn tsūn ta uānn bīn-kin,
Gîng kah kiōng-beh pha-tshia-lin.
Bàk-tsiu gîn kah suan âng-tîn,
Bīn-á lik kah phû tshenn-kin,
Khùn bē lòh-bîn kuà kip-tsín.

翁親某親假表面
這款範勢莫有身
閣再謹慎認真繩
佳哉翁袂眩紅塵
錢銀薪水無散盡

雖然兩人有善根
族群想法無仝面
是非對錯由在人
心思付出無平均
價值判斷無倚近
翁喝離緣[8]緊頓印
攏為族人某心清
買起家厝戶口進
庄跤起厝偷錢銀
斷跤禁酒下勻楸[9]

翁某哪會無相佝[10]
毒姑毒嫂三八珍
毒姪毒甥四九品
想著怨嘆頭殼眩
哀呻愛情若陷眠

12. in | 郭敏有品無過敏

Ang tshin bóo tshin ké piáu-bīn,
Tsit-khuán pān-sè mài ū-sin,
Koh-tsài kín-sīn jīn-tsin tsîn.
Ka-tsài ang bē hîn hâng-tîn,
Tsînn-gîn sin-suí bô sàn-tsīn.

Sui-jiân nn̄g lâng ū siān-kin,
Tsȯk-kûn siūnn-huat bô kāng-bīn,
Sī-hui tuì-tshò iû-tsāi-jîn,
Sim-su, hù-tshut bô pîng-kin,
Kè-tȧt phuànn-tuàn bô uá-kīn,
Ang huah lī-iân kín tn̄g-ìn.
Lóng uī tsȯk-jîn, bóo sim tshìn,
Bé khí-ke-tshù hōo-kháu tsìn,
Tsng-kha khí-tshù thau tsînn-gîn,
Tn̄g kha kìm tsiú ē-ûn gīn.

Ang-bóo ná ē bô sio thīn?
Tȯk koo tȯk só sam-pat-tin,
Tȯk tit tȯk sing sù-kiú-phín,
Siūnn-tiȯh uàn-thàn thâu-khak hîn.
Ai-tshan ài-tsîng ná hām-bîn,

A-oo Ē Ȯh Iû｜阿烏會學游

悲嘆人生如沙塵
緣起緣滅緣已盡
優化自身較要緊

秦斌悾悾愛族人
人損盼仔伊攏信
成家無惜假信神
郭敏無恨無哀呻
含辛笑面拯孤身
捋篾歁篤日日勤
伊是蝴蝶人上人
毋是胡蠅啖臭鱗

咱有家庭你毋佝
叫你莫啉才健身
歹人罵我是毒人
規攉規黨共我欶
你煞恬恬無出面
真正精牲非良人

人生短短　無人是王　無人是臣
拄著矣　心內無怨恨

12. in | 郭敏有品無過敏

Pi-thàn jîn-sing jû sua-tîn.
Iân khí, iân biat, iân í tsīn,
Iu-huà tsū-sin khah iàu-kín.

Tsîn Pin khong-khong ài tsok-jîn,
Lâng kòng-phàn-á i lóng sìn.
Sîng-ke bô sioh, ké sìn sîn,
Kueh Bín bô hīn, bô ai-sin,
Hâm-sin tshiò-bīn tsín koo-sin,
Luah pìn pûn phín jit-jit khîn,
I sī ôo-tiap jîn-siōng-jîn
M̄-sī hôo-sîn tam tshàu-lîn.

Lán ū ka-tîng lí m̄ thīn,
Kiò lí mài lim tsiah kiānn-sin,
Pháinn-lâng mē guá sī tok-jîn,
Kui-uang-kui-tóng kā guá gīn,
Lí suah tiām-tiām bô tshut-bīn,
Tsin-tsiànn tsing-senn hui liông-jîn.

Jîn-sing té-té, bô lâng sī ông, bô lâng sī sîn,
Tú--tioh--ah, sim-lāi bô uàn-hīn,

閣較按怎　都莫歹看面
請恁相信
雖然我的名叫郭敏
我毋是頭殼厚操煩　心思傷過敏
郭敏絕對無過敏
干焦想欲活予真有品

Koh-khah án-tsuánn, to mài pháinn-khuànn-bīn.

"Tshiánn lín siong-sìn,

Sui-jiân guá ê miâ kiò Kueh Bín,

Guá m̄-sī thâu-khak kāu-tshau-huân, sim-su siunn kuè-bín.

Kueh Bín tsuat-tuì bô kuè-bín,

Kan-na siūnn-beh uah hōo tsin ū-phín."

A-oo Ē Oh Iû｜阿烏會學游

語詞註解

1. 下港：ē-káng，指臺灣南部地方。
2. 熟似：sik-sāi，認識、熟識。
3. 慣勢：kuàn-sì，習慣。
4. 掖：iā，撒，散盡錢財。
5. 儑面：gām-bīn，因無知或不識趣做出蠢事。
6. 清：tshìn，冷的、涼掉的。
7. 拋捙輪：pha-tshia-lin，翻跟斗、翻筋斗。
8. 離緣：lī-iân，離婚。
9. 欶：gīn，憎恨、厭惡。
10. 伨：thīn，支持、推舉。

華台英俗諺劇快譯通

🀄 人無千日好，花無百日紅。
Lâng bô tshian jit hó, hue bô pah jit âng.

華 好景不常。

英 The footsteps of fortune are slippery.

12. in ｜ 郭敏有品無過敏

華台英
音字袂花去

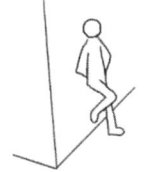

倚壁
uá-piah
by the wall
靠著牆站

徛鵝
khiā-gô
a penguin
企鵝

上崎
tsiūnn-kiā
uphill
上坡

重敧爿
tāng-khi-pîng
imbalance
失衡

1, 3, 5, 7, 9...

奇數
khia-sòo
odd numbers
奇數

椅條
í-liâu
a bench
長凳

A-oo Ē Oh Iû｜阿烏會學游

問題討論

1. 你認為吞忍較好抑是勇敢做家己較好？為啥物？
2. 你對人、對生活的敏感度敢有夠？請舉例說明。
3. 啥物是你心目中有品質的生活？為啥物？

應答短文

啥物攏歡喜

　　人生無絕對，想法愛綴年歲撫。我建議上好少年的時會曉吞忍，才袂做出衝碰的代誌，到老就愛勇敢做家己，心肝無內傷才通健康食百二。

　　人講「田螺含水過冬」，會跋才會大，愛感恩人生所有的考驗。少年人血氣旺，人講「忍氣生財，激氣相刣」，為著安全佮平靜，一寡細項的就莫計較，無細膩的撞挨嘛毋通逐條都欲算甲到。食無一百歲，計較一千年，家己加苦的。人講「花開在春天，求學在少年」，若拄著讀冊彼款提懸智識的艱苦代，更加愛忍耐！「忍啊忍，忍著一个金石碻」，有才情大漢才有好前程。少年的時，上好較捌代誌咧，愛體貼爸母疼囝。忍一下莫應喙應舌，才會當有較和諧快樂的日子。

等到社會經驗有夠，有一定的實力，就會當用善良的心勇敢做家己，安排家己的前途，毋通予身軀邊的惡人摃倒去，莫去管惡人會共你唱衰，只要無犯法，無礙著健康，堅持理想向前衝！你有權利決定欲歡喜抑是痛苦，毋通等到半老老，人生棺柴踏半肢跤矣，日子賰無偌濟，才後悔人生攏為別人咧活。若拄著對方佮你無仝調，講實在的，逐個人只是做家己感覺著的代誌，你毋通傷艱苦。溝通嘛無一定有路用，有講過就好，對方無欲聽，後果就家己擔。

人生啥物攏歡喜，善良就好。有向前行，綴年歲來調整心情佮做法，自在就好！

13. ing ....

阿清阿靜上興冰豆奶

阿清阿靜上興[1]冰豆奶
豆奶芳芳來做枝仔冰[2]
枝仔冰冷冷甜甜有冇[3]
冇冇的鐵釘共釘壁頂[4]
壁頂有畫七彩圓栱虹[5]
虹婿予個看著心清靜
心清靜想欲閣啉豆奶

豆奶冷冷較贏食磋冰[6]
磋冰摳摳[7]脆脆嘛有冇
冇冇的石仔佇街路頂
街路頂倚規排的路燈
路燈焰[8]出溫暖佮光明
光明寫佇天燈飛天庭
天庭眾神賜咱人清靜
人清靜閣想欲啉豆奶

13. ing ｜ 阿清阿靜上興冰豆奶

A-tshing A-tsīng Siōng Hìng Ping Tāu-ling

A-tshing, A-tsīng siōng hìng ping tāu-ling,
Tāu-ling phang-phang lâi tsò ki-á-ping,
Ki-á-ping líng-líng, tinn-tinn, tīng-tīng,
Tīng-tīng ê thih-ting kā tìng piah-tíng,
Piah-tíng ū uē tshit-tshái uân-kong-khīng,
Khīng suí hōo in khuànn tio̍h sim tshing-tsīng,
Sim tshing-tsīng siūnn-beh koh lim tāu-ling.

Tāu-ling líng-líng khah iânn tsia̍h tshauh-ping,
Tshuah-ping kha̍unnh-kha̍unnh tshè-tshè mā tīng-tīng,
Tīng-tīng ê tsio̍h-á tī ke-lōo-tíng,
Ke-lōo-tíng khiā kui-pâi ê lōo-ting,
Lōo-ting tshiō tshut un-luán kah kong-bîng,
Kong-bîng siá tī thinn-ting pue thian-tîng,
Thian-tîng tsiòng-sîn sù lán lâng tshing-tsīng,
Lâng tshing-tsīng koh siūnn beh lim tāu-ling.

豆奶甜甜較贏食龍眼
龍眼密密發甲規樹頂
樹頂鳥隻啾啾鳴心情
心情好聆聽黃鶯鵁鴒[9]
鵁鴒歡喜連唱兩點鐘
兩點鐘雨鬚[10]山頂出虹
虹媠七彩宛然勝仙境
仙境淨然無爭心清靜
心清靜閣來啉咱上興的冰豆奶

13. ing ｜阿清阿靜上興冰豆奶

Tāu-ling tinn-tinn khah iânn tsiah lîng-gíng,

Lîng-gíng ba̍t-ba̍t huat kah kui tshiū-tíng,

Tshiū-tíng tsiáu-tsiah tsiuh tsiuh bîng sim-tsîng,

Sim-tsîng hó lîng-thing n̂g-ing, ka-līng,

Ka-līng huann-hí, liân tshiùnn nn̄g tiám-tsing,

Nn̄g tiám-tsing hōo-tshiu suann-tíng tshut khīng,

Khīng suí tshit-tshái uán-jiân sìng sian-kíng,

Sian-kíng tsīng-jiân bû-tsing sim tshing-tsīng,

Sim tshing-tsīng koh lâi lim lán siōng hìng ê ping tāu-ling.

語詞註解

1. 興：hìng，愛好、嗜好。
2. 枝仔冰：ki-á-ping，冰棒。
3. 有有：tīng-tīng，硬硬的。
4. 壁頂：piah-tíng，牆壁上。
5. 圓栱虹：uân-kong-khīng，圓栱形的彩虹。
6. 礤冰：tshauh-ping，刨冰。
7. 擓擓：kháunnh-kháunnh，吃酥脆食物發出的清脆聲。
8. 炤：tshiō，用聚光燈、手電筒照亮。
9. 鵁鴒：ka-līng，八哥。鳥類。
10. 雨鬚：hōo-tshiu，毛毛雨。

華台英俗諺快譯通

🇹 加食無滋味，加話毋值錢。
Ke tsiah bô tsu-bī, ke uē m̄-tat tsînn.

🇨 謹言慎行。

🇬 Few words are best.

13. ing ｜阿清阿靜上興冰豆奶

華台英
音字袂花去

啉牛奶
lim gû-ling
to drink milk
喝牛奶

淋雨
lâm-hōo
in the rain
淋雨

有路用
ū-lōo-iōng
useful
有用

有篤
tīng-tauh
hard
硬

冇石仔
phànn-tsióh-á
a pumice stone
浮石

A-oo Ē Oh Iû｜阿烏會學游

問題討論

1. 你愛食枝仔冰抑是礤冰？為啥物？

2. 你上佮意啉啥物飲料？為啥物？

3. 你較佮意啉豆奶、米奶、抑是牛奶？為啥物？

應答短文

枝仔冰

我較佮意食枝仔冰。礤冰有影較豐沛，現場揀料較好耍，頭家閣會共冰妝甲嬌嬌才攑上桌頂，毋過我猶是較佮意枝仔冰的自由。

你莫看枝仔冰細細枝仔，伊的口味嘛是足豐沛，有天然的紅豆、綠豆、芋仔、王梨、時計果、米糕、牛奶、塗豆……，嘛有無天然的汽水佮布丁。講欲揀料，你聽好佇古早味的枝仔冰店，二三十款在你選。若欲講妝甲媠媠，枝仔冰是無，毋過伊嘛毋是攏四四角，伊有無仝款的動物尪仔形，西瓜口味的有西瓜形，古錐無地比。

所以愛來比自由度囉！枝仔冰會使先買轉來儉佇冰箱，

欲食就有，較贏礤冰著刁工撥時間去排列才有通食。枝仔冰的設計，一个人食拄拄仔好閣清氣相，較袂像礤冰，一碗有當時仔愛佮人公家才食會了，較無衛生。公家食、欲濫啥物料愛參詳，真正較無自由。

閣有喔！礤冰的料佇燒翕的熱人，敢有保證新鮮？冰角有清氣無？攏予人誠煩惱。枝仔冰就較袂食甲胃腸發炎，只要揀有信用的牌子，一般得是較可靠，逐枝都有安全檢驗佮保險，食著較安心。

紲落，以錢額來講，礤冰這馬一碗七八十箍誠四常。樣仔冰的齣頭閣愈濟，一碗貯甲若面桶，賣五百箍的都有。這款展風神的食法，我感覺淡薄仔倯。

我猶原佮意枝仔冰孤一个人恬恬仔清涼的平靜，因為自由自在上寶貴。

14. m..........

敢是阿姆？

Mh……？這是啥物芳味[1]hm̂？

敢是阿媽用來趕蠓[2]的芳茅[3]？
毋是，毋是。彼趕蠓的芳茅味較重[4]。Mh……。

敢是阿妗上[5]愛食的紫蘇梅？
毋是，毋是。彼[6]鹹梅仔的味較酸。Mh……？

敢是阿母頭殼頂芳芳的玉蘭花莓[7]？
毋是，毋是。
阿母的芳味有愛佮拍拚，苦甘仔苦甘。Mh……。

敢是冰箱咧灌 A-móo-ní-á 冷媒？
毋是，毋是，毋是。你無咧想是毋？
烏白臆[8]。咱咧講芳味呢！哼！
莫怪我紲落會嚽嚽[9]！
彼 A-móo-ní-á 的味是臭 hm-hm。

Kám-sī A-ḿ?

Mh...? Tse sī siánn-mih phang-bī hṁ?

Kám-sī a-má iōng lâi kuánn báng ê phang-ḿ?
M̄-sī, m̄-sī. He kuánn-báng ê phang-ḿ bī khah tāng. Mh....

Kám-sī a-kīm siōng ài tsiảh ê tsí-soo-ḿ?
M̄-sī, m̄-sī. He kiâm-ḿ-á ê bī khah sng. Mh...?

Kám-sī a-bú thâu-khak-tíng phang-phang ê giỏk-lân hue-ḿ?
M̄-sī, m̄-sī.
A-bú ê phang-bī ū ài kah phah-piànn, khóo-kam-á khóo-kam. Mh....

Kám-sī ping-siunn teh kuàn A-móo-ní-á, líng-ḿ?
M̄-sī, m̄-sī, m̄-sī. Lí bô teh siūnn, sī--m̄?
Oo-pẻh ioh. Lán teh kóng phang-bī neh! Hmh!
Mài kuài guá suà--lỏh ē hṁh-hṁh!
He A-móo-ní-á ê bī sī tshàu-hm-hm.

敢是阿姆上愛食的草莓？

Mh！Mh！Mh！就是芳芳酸微仔酸微[10]的草莓。

Mh……。

Kám-sī a-ḿ siōng ài tsia̍h ê tsháu-ḿ?

Mh! Mh! Mh! Tō-sī phang-phang, sng-bui á sng-bui ê tsháu-ḿ.

Mh....

語詞註解

1. 芳味：phang-bī，香味。
2. 趕蠓：kuánn báng，防蚊蟲叮咬。
3. 芳茅：phang-m̂，香茅，植物名，可提煉精油防蚊。
4. 較重：khah tāng，比較濃厚。
5. 上：siōng，最、很。
6. 彼：he，那。
7. 花莓：hue-m̂，花苞。
8. 臆：ioh，猜測。
9. 噷噷：hmh-hmh，悶不作聲、不吭聲。
10. 酸微仔酸微：sng-bui á sng-bui，淡淡酸味。

華台英俗諺俚語譯通

台 智慧無底，錢銀僫買。
Tì-huī bô té, tsînn-gîn oh bé.

華 學海無涯，唯勤是岸。

英 Art is long, life is short.

14. m│敢是阿姆？

華台英
音字袂花去

酸微
sng-bui
sour and sweet
微酸

腰痠
io sng
soreness of waist; mild lumbago
腰痛

蠓仔香
báng-á-hiunn
mosquito-repellent incense or coil
蚊香

芳水
phang-tsuí
perfume
香水

五香
ngóo-hiang
five spice seasonings
五香粉

A-oo Ē Oh Iû｜阿烏會學游

問題討論

1. 你上佮意啥物芳味？為啥物？

2. 愛按怎對付蠓仔，預防天狗熱？請講出你的想法。

3. 你敢愛食鹹梅仔？為啥物？

應答短文

日頭的芳味

我佮意衫予日頭曝焦的芳味，是一種安心的味佮思念的味。

臺北規年週天定定咧落雨，蹛佇電梯大樓會當披衫的所在一塊仔囝，若無著日，有時衫曝袂焦，著愛倚靠烘衫仔機，烘久布料會著傷，我看猶是天然的日頭上好。若有出日頭閣拄著歇睏日免上班，我會共衫提起去厝尾頂曝，逐擺收落來了後，逐領都有日頭的芳味，心內就知影穿了會較健康、心情會較清爽，心內就加一份安心的感覺。

這款燴日的芳味，嘛是我對故鄉高雄思念的記持。阮高雄蹛透天的，阿母閣有夠骨力，逐工洗衫。高雄罕得落雨，衫會使曝規工，阿母攏四點外下班轉來，日頭欲落山進前，先共衫收入來囥佇眠床就先去攢暗頓，我嘛拄好下課轉來，我先去寫宿題，若寫了有閒，我會鬥摺衫。欲摺進前，我會先共規粒頭埋入去衫仔堆，大力仔欶一喙日頭的芳味。到今，這款日頭的芳味，予我思念阿母日日拍拚為囝兒，思念故鄉溫暖的四季。

15. ng ....

阿黃佮阿阮

政元姓黃　人叫伊阿黃
正源姓阮　人叫伊阿阮
阿黃蹛正門　阿阮蹛後門
黃政元　阮正源　上愛牽狗仔去中央的公園

阿黃牽狗仔來到公園的正門
拄著朋友姓方
伊問方的哪會來公園
方的講個囝的老師出考卷
愛個分辨啥是椰子　啥是檳榔
毋過這兩款樹仔攏攏長長較無蔭[1]
熱甲欲死　哪會毋揣楓
方的笑笑品講早冬晚冬收成規米倉
誠緊就閣欲佈秧
方的話無斷　閣講攏是逐家的福氣來相傍[2]
有閒才去個兜予伊請食飯

15. ng | 阿黃佮阿阮

A-n̂g kah A-ńg

Tsìng-guân sènn N̂g, lâng kiò i A-n̂g.
Tsìng-guân sènn Ńg, lâng kiò i A-ńg.
A-n̂g tuà tsiànn-mn̂g, A-ńg tuà āu-mn̂g.
N̂g Tsìng-guân, Ńg Tsìng-guân
siōng ài khan káu-á khì tiong-ng ê kong-hn̂g.

A-n̂g khan káu-á lâi kàu kong-hn̂g ê tsiànn-mn̂g,
Tú-tio̍h pîng-iú sènn Png.
I mn̄g Png--ê ná ē lâi kong-hn̂g,
Png--ê kóng in kiánn ê lāu-su tshut khó-kǹg,
Ài in hun-piān siánn sī iâ-tsí, siánn sī pin-nn̂g.
M̄-koh tsit nn̄g-khuán tshiū-á lò-lò tn̂g-tn̂g khah bô ńg,
Jua̍h kah beh sí, ná ē m̄ tshuē png?
Png--ê tshiò-tshiò phín kóng
tsá-tang, mn̂g-tang siu-sîng kui bí-tshng,
Tsiânn kín tō koh beh pòo-ng.
Png--ê uē bô tn̄g, koh kóng lóng-sī ta̍k-ke ê hok-khì lâi sio png.
Ū-îng tsiah khì in tau hōo i tshiánn tsia̍h-pn̄g.

另外一方
阿阮牽狗仔來到公園的後門
沿路拄著的人較濟過阿黃
伊先拄著厝邊姓莊
莊的虯毛³雙个旋　惡甲無人問
不時拳頭捏咧藏手䘼⁴
愛佮人唱聲　捌予人佇路裡攑棍仔張
莊的細漢巧巧仔誠軁鑽⁵
大漢煞貪惰兼荏懶⁶　無錢就搜家伙出去當
無物通當　煞去做賊偷布莊
隨予警察掠去食無錢飯
緊來共苦勸　叫伊收跤洗手老實趁錢顧三頓

阿阮牽狗仔來到公園的中央
禮堂前拄著同窗的勢人姓湯
個女朋友身材內才足十全
兩人的感情　熱唪唪　燒燙燙
緊央人去講　共娶轉來煮飯顧糧倉
湯的講　娶著好某才會歹種斷好種傳

15. ng｜阿黃佮阿阮

Līng-guā tsit-hng,

A-ńg khan káu-á lâi kàu kong-hn̂g ê āu-mn̂g,

Iân-lōo tú--tioh ê lâng khah tsē kuè A-n̂g.

I sing tú-tioh tshù-pinn sènn Tsng.

Tsng--ê khiû-moo siang-ê tsn̂g, ok kah bô lâng mn̄g,

Put-sî kûn-thâu tēnn--leh tshàng tshiú-ńg,

Ài kah lâng tshiàng-siann, bat hōo lâng tī lōo--lí giah kùn-á tng.

Tsng--ê sè-hàn khiáu-khiáu--á, tsiânn nn̄g-tsǹg,

Tuā-hàn suah pîn-tuānn kiam lám-nāu,

bô-tsînn tō tshiau ke-hué tshut-khì tǹg,

Bô mih thang tǹg suah khì tsò-tshat thau pòo-tsng,

Suî hōo kíng-tshat liah khì tsiah bô-tsînn-pn̄g.

Kín lâi kā khóo-khǹg, kiò i siu-kha-sé-tshiú,

láu-sit thàn-tsînn kòo sann-tǹg.

A-ńg khan káu-á lâi kàu kong-hn̂g ê tiong-ng,

Lé-tn̂g-tsîng tú-tioh tông-tshong ê gâu-lâng sènn Thn̂g.

In jú-pîng-iú sin-tsâi, lāi-tsâi tsiok tsap-tsn̂g,

Nn̄g lâng ê kám-tsîng jiat-hut-hut, sio-thǹg-thǹg,

Kín iang lâng khì kóng, kā tshuā tn̂g-lâi tsú-pn̄g kòo niû-tshng.

Thn̂g--ê kóng, "tshuā-tioh hó bóo,

tsiah ē pháinn-tsíng tn̄g, hó-tsíng thn̂g,

囝孫仔攏欲飼予出人前[7]閣入英雄榜
湯的有拍算　誠緊就會請咱食餅閣食糖

阿阮越頭影著一个同事姓康
無想欲佮伊相借問
因為康的誠勢算　誠快頓[8]
好空的攑起來家己的橐袋仔园
好料的覗咧食三頓　毋管別人破米缸
足濟同事想欲共伊剝皮袋粗糠
咒讖伊食會入去放袂出來　著痔瘡　爛尻川

阿阮攑頭看著表小弟姓唐
唐的細漢頂顢寫考卷
好心好行　笑詼　好耍
人緣好較值錢銀萬萬貫
唐的上愛食彼號滷菜交米粉湯
食甲汗流驚熱就共衫褪光光
國中出業無閣讀就擎手碗縛鐵嘛鋸鋼
逐工想欲好額睏膨床　就去買彩券

15. ng ｜阿黃佮阿阮

Kiánn-sun-á lóng beh tshī hōo tshut-lâng-tsîng

koh ji̍p ing-hiông-pńg."

Thng--ê ū phah-sǹg,

Tsiânn kín tō ē tshiánn lán tsiah-piánn koh tsiah-thn̂g.

A-n̂g ua̍t-thâu iánn-tio̍h tsi̍t-ê tông-su sènn Khng,

Bô siūnn-beh kah i sio-tsioh-mn̄g,

In-uī Khng--ê tsiânn gâu-sǹg, tsiânn n̂g-tn̂g,

Hó-khang--ê iap khí-lâi ka-tī ê lak-tē-á khǹg.

Hó-liāu--ê bih leh tsiah sann-tǹg, m̄-kuán pa̍t-lâng phuà-bí-kng.

Tsiok tsē tông-su siūnn-beh kā i pak-phuê tē tshoo-khng.

Tsiù-tshàm i tsiah ē ji̍p--khì, pàng bē tshut--lâi,

tio̍h tī-tshng, nuā kha-tshng.

A-n̂g gia̍h-thâu khuànn-tio̍h piáu-sió-tī sènn Tn̂g.

Tn̂g--ê sè-hàn hân-bān siá khó-kǹg,

Hó-sim-hó-hīng, tshiò-khue, hó-sńg,

Lâng-iân hó khah ta̍t tsînn-gîn bān-bān-kǹg.

Tn̂g--ê siōng ài tsia̍h hit-lō lóo-tshài kiau bí-hún-thng,

Tsia̍h kah kuānn lâu, kiann jua̍h tō kā sann thǹg-kng-kng.

Kok-tiong tshut-gia̍p bô koh tha̍k tō pih-tshiú-ńg pa̍k tih mā kì kǹg,

Ta̍k-kang siūnn-beh hó-gia̍h khùn phòng-tshn̂g, tō khì bé tshái-kǹg.

祖公仔有致蔭有遮蔭
著頭彩驚人問　毋敢吭 [9]
恬恬開一間麵店仔賣滷大腸
閣有鴨翼雞腿雞跤誠入味閣誠好吭 [10]
嘛有豆乾海帶佮滷卵
料理新鮮袂直直熥　人客來自千里遠
唐的日時全款去做鐵鋼
暗時才顧擔挵油湯
人生歡歡喜喜咧斜楦

阿阮講伊欲緊予狗仔走閣耍
若無　恿出來散步的時間會拍損
毋予出來　佇厝會從來從去跳眠床
逐擺攏著喝甲嚨喉疼　逐甲跤腿軟
掠著都忝矣　閣愛了力共摃尻川
上慘的是狗仔若佇厝偷放尿　伊著愛鑢地磚
驚手遛皮　閣愛了錢了工抹護手霜

這時　阿黃對前門來到公園的中央
阿阮嘛倚公園中央無偌遠
阿黃佮阿阮相拄搪
兩隻狗用鼻仔相借問　無吠嘛無唴

15. ng ｜阿黃佮阿阮

Tsóo-kong-á ū tì-ìm, ū jia ńg,
Tio̍h thâu-tshái, kiann lâng mn̄g, m̄-kánn khngh.
Tiām-tiām khui tsit-king mī-tiàm-á bē lóo-tuā-tn̂g,
Koh ū ah-si̍t, ke-thuí, ke-kha, tsiânn ji̍p-bī koh tsiânn hó-tshńg.
Mā ū tāu-kuann, hái-tuà, kah lóo-nn̄g.
Liāu-lí sin-sian, bē tit-tit thn̄g, lâng-kheh lâi tsū tshian-lí hn̄g.
Tn̂g--ê ji̍t--sî kāng-khuán khì tsò thih-kǹg,
Àm-sî tsiah kòo-tànn phâng iû-thng,
Jîn-sing huann-huann-hí-hí teh tshiâ-kǹg.

A-ńg kóng i beh kín hōo káu-á tsáu koh sńg,
Nā-bô, tshuā tshut-lâi sàn-pōo ê sî-kan ē phah-sńg.
M̄ hōo tshut--lâi, tī-tshù ē tsông lâi tsông khì thiàu bîn-tshn̂g.
Ta̍k-pái lóng tio̍h huah kah nâ-âu sng, jiok kah kha-thuí nńg.
Lia̍h--tio̍h to thiám--ah, koh ài liáu la̍t kā kòng kha-tshng.
Siōng tshám--ê sī káu-á nā tī tshù thau pàng-jiō, i tio̍h-ài lù tē-tsng,
Kiann tshiú liù-phuê, koh ài liáu-tsînn, liáu-kang, buah hōo-tshiú-sng.

Tsit-sî, A-n̂g uì tsîng-mn̂g lâi-kàu kong-hn̂g ê tiong-ng,
A-ńg mā uá kong-hn̂g tiong-ng bô guā hn̄g.
A-n̂g kah A-ńg sio tú-tn̄g,
Nn̄g-tsiah káu iōng phīnn-á sio-tsioh-mn̄g, bô puī mā bô phngh.

躼來躼去做伙耍
鬧熱甲若像神明咧勻庄
千里來相會　袂輸織女佮牛郎
讚喔　會當來共狗寶貝攢聘金蓄嫁妝

阿黃若像捌看過阿阮
毋是因為牽狗來公園　散步有相搪
講咧講咧　才知毋但蹛仝公園
閣是國小的校友　細漢仝校園

你叫啥物名　阿黃按呢問
我叫阮正源　人叫我阿阮
你叫啥物名　阿阮共回問
我叫黃政元　人叫我阿黃
啊！想著矣　有一改校長欲頒獎狀
咱兩个做伙偬起去台仔頂　有夠好耍

Nǹg lâi nǹg khì tsò-hué sńg,
Lāu-jia̍t kah ná-tshiūnn sîn-bîng teh ûn-tsng.
Tshian-lí lâi siong-huē, bē-su Tsit-lú kah Gû-nn̂g.
Tsán--ooh, ē-tàng lâi kā káu-pó-puè tshuân phìng-kim, hak kè-tsng.

A-n̂g ná-tshiūnn bat khuànn-kuè A-ńg,
M̄-sī in-uī khan káu lâi kong-hn̂g, sàn-pōo ū sio-tn̄g,
Kóng--leh kóng--leh tsiah tsai m̄-nā tuà kāng kong-hn̂g,
Koh sī kok-sió ê hāu-iú, sè-hàn kāng hāu-hn̂g.

"Lí kiò siánn-mih miâ?" A-n̂g án-ne mn̄g.
"Guá kiò Ńg Tsìng-guân, lâng kiò guá A-ńg."
"Lí kiò siánn-mih miâ?" A-ńg kā huê-mn̄g.
"Guá kiò N̂g Tsìng-guân, lâng kiò guá A-n̂g."
"Ah! Siūnn-tio̍h--ah, ū tsit-kái hāu-tiúnn beh pan tsióng-tsn̄g,
Lán nn̄g-ê tsò-hué tsông khí-khì tâi-á-tíng, ū-kàu hó-sńg."

語詞註解

1. 蔭：ńg，日光照不到的地方。
2. 傍：pn̄g，依靠。
3. 虯毛：khiû-mn̂g/moo/môo，頭髮或皮毛捲曲。
4. 手䘼：tshiú-ńg，肩膀以下的衣袖。
5. 攏鑽：nn̆g-tsn̆g，鑽營、善於變通。
6. 荏懶：lám-nāu，懶惰成性，骯髒邋遢又不梳洗整理。
7. 出人前：tshut-lâng-tsîng，才能出眾，高於一般人。
8. 快頓：ǹg-tǹg，講不聽。
9. 吭：khngh，發出聲響。
10. 吮：tshńg，用嘴巴吸取、剔除。

華台英俗諺快譯通

台 龍交龍，鳳交鳳，隱痀的交侗戇。
Lîng kau lîng, hōng kau hōng, ún-ku--ê kau tòng-gōng.

華 物以類聚。

英 A man is known by the company he keeps.

15. ng │阿黃佮阿阮

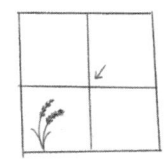

華台英
音字袂花去

田中央
tshân tiong-ng
on the farm
田中央

央教
iang/iong-kah
to request one's help
託人做事

怏頓
ǹg-tǹg
stubborn and silent
固執寡言

秧仔
ng-á
rice seedling
稻苗

精英
tsing-ing
energetic
有活力

問題討論

1. 你敢有佮同窗的聯絡？是啥物情形佮感覺？
2. 你若愛斜槓趁錢，你會做啥物工課？為啥物？
3. 恁兜附近的公園生做啥物款？你會去遐做啥物代誌？

應答短文

單純較久長

學生時代較單純，朋友的感情較久長。每一个階段我攏有好朋友。

小學的同學無聯絡矣。國中有辦過一改同窗會，這馬攏是用群組咧維持，阮咧等六十歲進前閣相見。高中讀高雄女中，有辦兩改，見證「美魔女」的青春無退，嘛是咧等畢業滿四十冬閣來比青春！我感覺阮這个歲攏咧無閒顧爸母，逐家其實無啥時間。好佳哉這馬社群足方便，佇頂懸開講袂輸日日同窗會。小學到高中三、四十冬袂輸若昨昏。

大學照理講著比小學、中學的同學較有話講，因為大學了後思考較穩定，仝系所的專業較相仝。阮仝款有群組，毋過，逐家全款足無閒，嘛是無辦實體的同窗會。閣我大學讀成大夜間部，無閒咧工讀、走合唱團、談戀愛、交報告，日時做工課，暗時課排甲滿滿滿，欲有一般少年家的青春歲月較僫。到今無辦同窗會。好佳哉，阮有「四大金剛」小團，逐冬有一个對美國轉來的，會共阮箍牢咧做伙聚餐。阮攏誠期待，嘛有堅持。見擺見面講天講地攏是心內話，像最近過 55 歲矣，話題攏是佇斷捨離佮欲按怎歡喜過日子，毋管敢有講著青春少年時，閣活咧通相見就是一種歡喜。

誠感恩每一个階段和我閣有聯絡的同學，我足感恩，嘛足珍惜。

16. ann onn enn inn unn .....

紅豆餡

你敢敢行去花坩邊仔的彼擔麵擔
今是按怎
頭家的查某囝勢穿衫　氣質好　我想欲奅[1]
毋過個阿爸佇遐煮麵無講無呾[2] 頭向向
面腔歹看　我會驚
我想欲請伊食三粒包仔有包紅豆餡
包仔皮有經過獨門祕方的發酵
飻飻軟軟袂有冇[3]
你較在膽　毋驚人嚇
你去共講　拜託伊莫攔
我奅姼仔[4] 才袂重耽[5]

頭家乎　我是乎　阮朋友乎
你敢若咧駛救護車　哪會乎乎乎唔唔唔
我毋是刁工遮喑噁[6]
是驚你受氣　講阮少年的毋讀冊誠可惡

16. ann onn enn inn unn ｜ 紅豆餡

Âng-tāu-ānn

"Lí kám kánn kiânn-khì hue-khann pinn-á ê hit-tànn mī-tànn?"
"Tann sī án-tsuánn?"
"Thâu-ke ê tsa-bóo-kiánn gâu tshīng-sann,
Khì-tsit hó, guá siūnn-beh phānn.
M̄-koh in a-pah tī-hia tsú mī bô-kóng-bô-tànn thâu ànn-ànn,
Bīn-tshiunn pháinn-khuànn, guá ē kiann.
Guá siūnn-beh tshiánn i tsiah sann-liap pau-á ū pau âng-tāu-ānn,
Pau-á-phuê ū king-kuè tok-bûn pì-hng ê huat-kànn,
Khiū-khiū, nńg-nńg, bē phànn-phànn.
Lí khah tsāi-tánn m̄ kiann lâng hánn,
Lí khì kā kóng, pài-thok i mài ânn,
Guá phānn tshit-á tsiah bē tîng-tânn."

"Thâu-ke--honnh, guá sī--honnh..., gún pîng-iú--honnh...."
"Lí kán-ná teh sái kiù-hōo-tshia. Ná ē honnh honnh honnh, onn onn onn?"
"Guá m̄-sī tiau-kang tsiah ìnn-ònn,
Sī kiann lí siū-khì, kóng gún siàu-liân--ê m̄-thak-tsheh,
tsiânn khónn-ònn."

今是按怎乎
阮朋友想欲奇恁查某囝　欲佮伊彼號乎
請你好心答應伊啦　乎
你莫罵伊睏罔睏莫佇遐鼾

嘿　恁這个歲勢帶相思病
阿伯我做人袂交繃 ⁷
毋過查某囝是我的心肝仔嬰
自細漢按呢捏按呢捏
予伊讀冊　無予伊若像水雞守鼓井
啥物代誌伊逐項會　可比天頂的文曲星
足濟查埔欲逐伊　相拍閣相爭
只要相拍代　我攏感覺暴力若精牲
直接回絕攏免諍
阿伯我咯一下嘛毋咯
恁朋友送紅豆包仔誠奇巧較猛醒
表示伊勢煮食　捌世事　有手路　毋是檳榔仔菁
是講　阮開麵擔　伊敢會曉煮肉羹

16. ann onn enn inn unn │ 紅豆餡

"Tann sī-án-tsuánn honnh?"
"Gún pîng-iú siūnn-beh phānn lín tsa-bóo-kiánn,
beh kah i hit-lō honnh....
Tshiánn lí hó-sim tah-ìng--i lah! Honnh?
Lí mài mē i khùn bóng khùn mài tī-hia kônn."

"Hennh! Lín tsit-ê huè gâu tài siunn-si-pēnn,
A-peh guá tsò-lâng bē kau-penn,
M̄-koh tsa-bóo-kiánn sī guá ê sim-kuann-á-enn,
Tsū sè-hàn án-ne liap, án-ne tēnn,
Hōo i thak-tsheh, bô hōo i ná-tshiūnn tsuí-ke tsiú kóo-tsénn.
Siánn-mih tāi-tsì i tak-hāng ē,
khó-pí thinn-tíng ê Bûn-khiok-tshenn.
Tsiok tsē tsa-poo beh jiok--i, sio-phah koh sio-tsenn,
Tsí-iàu sio-phah-tāi, guá lóng kám-kak pō-lik ná tsing-senn,
Tit-tsiap huê-tsuat lóng bián tsènn.
A-peh guá khénnh--tsit-ē mā m̄ khénnh.
Lín pîng-iú sàng âng-tāu pau-á tsiânn kî-khá, khah mé-tshénn,
Piáu-sī i gâu tsú-tsiah, bat sè-sū, ū tshiú-lōo,
m̄-sī pin-nn̂g-á-tshenn.
Sī kóng..., gún khui mī-tànn, i kám ē-hiáu tsú bah-kenn?"

我知影你共恁查某囝疼佇心肝穎
日夜綴佇身軀邊
趕螞仔　趕胡蠅　毋予人共膏膏纏[8]
驚伊溫馴　人甜　幼苂
若嫁毋著人會墜入苦命的深坑

是啦　阿爸是伊的天
翁是針　某是線　嫁娶是一世人的縫紩[9]
阮查某囝會認真共家拑
伊煮的料理好食甲予你舐碗垹
伊會規工妝予嬌嬌嬌　抹粉點胭脂　為翁撐葵扇
阮望伊嫁一个少年家　溫柔體貼閣勢趁錢
會勤儉　袂懶屍　袂吝嗇
道德懸　才情讚　趁錢趁甲金庫滇滇滇
拄著困境嘛像三文魚向前摺
千萬毋通嫁著薄情郎　予人擲　予人挕
無肉無魚無通食　干焦清糜配豆豉
我做阿爸的會傷心甲著重病

16. ann onn enn inn unn | 紅豆餡

"Guá tsai-iánn lí kā lín tsa-bóo-kiánn thiànn tī sim-kuann-ínn,
Jit-iā tshuā tī sin-khu-pinn.
Kuánn báng-á, kuánn hôo-sîn, m̄ hōo lâng kā ko-ko-tînn.
Kiann i un-sûn, lâng tinn, iù-tsínn,
Nā kè m̄-tio̍h lâng, ē tuī-ji̍p khóo-miā ê tshim-khinn."

"Sī--lah, a-pah sī i ê thinn,
Ang sī tsiam, bóo sī suànn, kè-tshuā sī tsit-sì-lâng ê pâng-thīnn.
Gún tsa-bóo-kiánn ē jīn-tsin kā ke khînn.
I tsú ê liāu-lí hó-tsia̍h kah hōo lí tsīnn uánn-kînn.
I ē kui-kang tsng hōo suí-suí-suí,
buah-hún tiám ian-tsi, uī ang ia̍t khuê-sìnn.
Gún bāng i kè tsit-ê siàu-liân-ke,
un-jiû thé-thiap koh gâu thàn-tsînn,
Ē khîn-khiām, bē lán-si, bē nì-sìnn,
Tō-tik kuân, tsâi-tsîng tsán,
thàn-tsînn thàn kah kim-khòo tīnn-tīnn-tīnn.
Tú-tio̍h khùn-kíng mā tshiūnn sam-bûn-hî hiòng-tsiân tsìnn.
Tshian-bān m̄-thang kè-tio̍h po̍k-tsîng-lông,
hōo lâng tàn, hōo lâng hìnn,
Bô bah bô hî bô thang tsia̍h, kan-na tshìn-muê phuè tāu-sīnn.
Guá tsò a-pah--ê ē siong-sim kah tio̍h tāng-pīnn."

請阿伯你免緊張
阮朋友阿洋是出名骨力好生張
會勤儉趁錢袂烏白溶
會顧麵擔仔的內外場
你看　伊做的紅豆包仔　內餡實在　濟甲會泏[10]漿
有口味　毋是食飽脹
食健康　身體各樣的喙免嚓
人客欲買愛排列　愛相搶

離鄉不離腔
阿洋拍算欲轉來故鄉開一間包仔工場
開發新產品　包仔包肉醬　包香菇　包茈薑
閣為逐款包仔佇網路寫文章抑是譜曲唱
伊做頭家足實在　產品一定會著金獎賞
伊會趁錢予伊食雞　食魚　閣食羊
嘛會當食鴨鯗　食白鯧
起一間新厝現代樣
倩上讚的木匠　閣分東廂佮西廂
若予蠓叮　伊會共鬥扒癢

16. ann onn enn inn unn │ 紅豆餡

"Tshiánn A-peh lí bián kín-tiunn.

Gún pîng-iú A-iûnn sī tshut-miâ kut-la̍t, hó senn-tiunn,

Ē khîn-khiām thàn-tsînn, bē oo-pe̍h iûnn,

Ē kòo mī-tànn-á ê lāi-guā-tiûnn,

Lí khuànn i tsò ê âng-tāu pau-á, lāi-ānn si̍t-tsāi, tsē kah ē tsuh tsiunn,

Ū kháu-bī, m̄-sī tsia̍h pá-tiùnn.

Tsia̍h kiān-khong, sin-thé koh-iūnn--ê tshuì bián khiūnn.

Lâng-kheh beh bé, ài pâi-lia̍t, ài sio-tshiúnn.

Lī-hiunn put lī khiunn,

A-iûnn phah-sǹg beh tńg-lâi kòo-hiong khui tsi̍t-king pau-á kang-tiûnn,

Khai-huat sin sán-phín, pau-á pau bah-tsiùnn,

pau hiunn-koo, pau tsínn-kiunn.

Koh uī ta̍k khuán pau-á tī bāng-lōo siá bûn-tsiunn

a̍h-sī phóo khik tshiùnn.

I tsò thâu-ke tsiok si̍t-tsāi, sán-phín it-tīng ē tio̍h Kim-tsióng-siúnn.

I ē thàn-tsînn hōo i tsia̍h ke, tsia̍h hî, koh tsia̍h iûnn.

Mā ē-tàng tsia̍h ah-siúnn, tsia̍h pe̍h-tshiunn.

Khí tsi̍t-king sin-tshù hiān-tāi iūnn,

Tshiànn siōng tsán ê ba̍k-tshiūnn koh hun tang-siunn kah se-siunn,

Nā hōo báng tìng, i ē kā tàu pê-tsiūnn,

歇睏載伊去山頂看芳樟
去公園看玫瑰佮紅薔
去湖心划槳　予風颺
有囡仔閣炁去動物園看獅佮象
顧甲袂予囡仔拍咳啾
請阿伯成全個兩个結成好鴛鴦

好　我問看覓　先交往　看怎樣
才閣來想

多謝阿伯　這是阮朋友阿洋的面冊佮電批信箱
請你交予恁世界婿的姑娘看怎樣
期待看著個結鴛鴦彼號幸福的模樣

16. ann onn enn inn unn｜紅豆餡

Hioh-khùn tsài i khì suann-tíng khuànn phang-tsiunn,
Khì kong-hn̂g khuànn muî-kuì kah âng-tshiûnn,
Khì ôo-sim kò-tsiúnn, hōo hong tshiûnn,
Ū gín-á koh tshuā-khì tōng-bu̍t-hn̂g khuànn sai kah tshiūnn,
Kòo kah bē hōo gín-á phah-kha-tshiùnn.
Tshiánn a-peh sîng-tsuân in nn̄g-ê kiat-sîng hó-uan-iunn."

"Hó! Guá mn̄g khuànn-māi, sing kau-óng, khuànn tsuánn-iūnn,
Tsiah koh-lâi siūnn."

"To-siā a-peh, tse sī gún pîng-iú A-iûnn ê bīn-tsheh kah tiān-phue sìn-siunn.
Tshiánn lí kau hōo lín sè-kài suí ê koo-niû khuànn tsuánn-iūnn.
Kî-thāi khuànn-tio̍h in kiat-uan-iunn hit-lō hīng-hok ê bôo-iūnn."

語詞註解

1. 奅：phānn，結交異性朋友。
2. 無講無呾：bô-kóng-bô-tànn，不言不語、不動聲色。
3. 冇冇：phànn-phànn，鬆軟，結構不紮實。
4. 姼仔：tshit-á，女朋友、馬子。戲謔的稱呼。
5. 重耽：tîng-tânn，事情出了差錯。
6. 喑噁：ìnn-ònn，說話鼻音很重、含糊不清。
7. 交繃：kau-penn，愛挑剔、計較，喜歡唱反調。
8. 膏膏纏：ko/kô-ko/kô-tînn，胡攪蠻纏。
9. 縫紩：pâng-thīnn，製作或縫補衣服。
10. 泏：tsuh，水或液體等因為搖動而滿溢出來。

華台英俗諺快譯通

台 食苦當做食補。
Tsiàh khóo tòng-tsò tsiàh póo.

華 吃得苦中苦，方為人上人。

英 No cross, no crown.

16. ann onn enn inn unn ｜紅豆餡

華台英音字袂花去

揠手
iat-tshiú
to wave hands
招手

煠卵
sah nn̄g
a boiled egg
白煮蛋

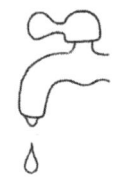

打揲
tánn-tiáp
to punish
修理

渫
tiáp
to drip
滴水

葉仔
hiòh-á / iáp-á
a leaf / a propeller blade
葉子

蝴蝶
ôo-tiáp
a butterfly
蝴蝶

問題討論

1. 自由戀愛較好，抑是人介紹相親較好？為啥物？

2. 家己創業較好，抑是轉去接厝裡的事業較好？為啥物？

3. 你較佮意網路買的料理、實體餐廳、抑是家己煮食？為啥物？

應答短文

戀愛佮相親

　　我感覺予人介紹相親較好。阮彼个時代，序大人攏講等讀大學才通談戀愛，就是像流行歌〈望春風〉講的，十七八歲會想著少年家。毋過進前無經驗閣毋捌世事，自由戀愛袂輸跋筊睹注，好運的著時鐘，歹運的著龍眼。加上傳統的束縛，爸母教咱溫馴，嫁雞綴雞飛，嫁狗綴狗走，綴運命烏白行。看著好的毋敢表示，孤單等無人，拄著穤才的無主張，鬱卒無地敨，嘛才予伊牽手爾，煞交出一世人。兩个人咧行發覺無對同、礙虐礙虐，煞驚人探聽毋敢走。一切攏是緣份，婚姻好穤的確決定查某人好歹命。相親有人先鬥看，有影日後較無驚惶。

16. ann onn enn inn unn ｜紅豆餡

　　我大學拄入學就予阮兜這个奇去，後來別人欲逐我，我攏無心機，老實共人講我有查埔朋友矣。敢是我條件普普仔爾？抑是遐的人傷條直、戇甲袂扒癢，決心無夠、無挑戰的勇氣？出業做在額的老師，機會閣愈來愈濟，我嘛是家己斷後路。連都結婚矣閣有人來探聽，害我憢疑家己失拍算。我嫁予初戀是看伊古意、骨力，啥人知影伊的古意是個厝裡的人講啥伊就聽，骨力是提我儉予伊加班的時間去服務遐的鄉親。有夠厚親，伊後壁真正藏規大篷的負擔佮對阮生活的攪吵。伊根本猶未轉臍，予人袂講得。若有撞挩，我是穩輸無贏。

　　少年相信自由戀愛，嫁過才知苦，是輸是贏毋是一半一半，是規盤百分之百。到半老老嘛體會「落塗時八字命」，一切天註定，攏愛放下。若時間會使重來，憑我當初的條件，我一定欲認真相親，揀甲佮意才嫁。唉！佇遮干焦烏白想、趣味趣味爾，何況時間真正無法度重來。若時間有法度重來，嘛逃袂過天安排。

17. am iam ....

金含和鹽

阿南有內涵
定定看冊　上愛《天方夜譚》
做主官[1] 袂想貪
做朋友重情感
個性閉思細膩　看起來若膽膽[2]
新的物件毋敢啖
家己感覺人生有淡薄仔暗淡暗淡

阿南重健康　上愛食維他命濟的桶柑
驚傷風　出門一定掛喙罨
約會驚日曝　驚霜凍　驚風吹　驚雨淋
規工到暗無欲出門坎
查某朋友阿菡怪伊無浪漫　無勇敢
講伊傷譀[3]　感伊冷淡
彼个坎站　伊凝甲共阿南咒讖
講太平洋的蓋無崁
欲跳就對海墘仔頂的上懸坎

17. am iam | 金含和鹽

Kim-kâm Hām Iâm

A-lâm ū luē-hâm,

Tiānn-tiānn khuànn tsheh, siōng ài *Thian-hong-iā-tâm*.

Tsò tsú-kuann bē siūnn tham,

Tsò pîng-iú tiōng tsîng-kám,

Kò-sìng pì-sù, sè-jī, khuànn--khí-lâi ná tám-tám.

Sin ê mih-kiānn m̄-kánn tam.

Ka-tī kám-kak jîn-sing ū tām-po̍h-á àm-tām àm-tām.

A-lâm tiōng kiān-khong, siōng ài tsia̍h bí-tá-bín tsē ê tháng-kam,

Kiann siong-hong, tshut-mn̂g it-tīng kuà tshuì-am.

Io̍k-huē kiann ji̍t pha̍k, kiann sng tàng,

kiann hong tshue, kiann hōo lâm,

Kui-kang-kàu-àm bô beh tshut mn̂g-khám.

Tsa-bóo-pîng-iú A-hâm kuài i bô lōng-bān, bô ióng-kám.

Kóng i siunn hàm, tsheh i líng-tām,

Hit-ê khám-tsām, i gîng kah kā A-lâm tsiù-tshàm,

Kóng Thài-pîng-iûnn ê kuà bô khàm,

Beh thiàu tō uì hái-kînn-á-tíng ê siōng kuân khám.

阿菡軟心想著阿南的斯文感

氣就消　變甲足毋甘

想欲共伊會失禮　共伊攬

想講硬欲共改　會害伊足悽慘

若欲恩恩愛愛著愛互相欣賞多多包涵

想著阿南愛看冊　知影世界的笑談

講話有道理有智慧　聽眾朋友那聽頭那頕

捌天文　捌地理　聽伊講古袂輸咧世界大遊覽

條直人[4]講話　無可能予你若咧含金含

讀冊人攑筆寫公函

無可能拗伊去攑銃駛軍艦

阿南幼膩的心思佮敏感

大漢拄好做法官做偵探

破足濟案　救誠濟人　搤出濟濟歹人的烏暗

做甲院長　前途光明燦爛無暗淡

好佳哉阿菡當初諒解無造成遺憾

這馬才通做夫人若咧含金含

阿添個兜開麵店

早就慣勢鼎灶的火焰

細漢毋驚日頭炎

四界拋拋走　汗對頭殼頂滴到跤臁

17. am iam | 金含和鹽

A-hâm nńg-sim siūnn-tio̍h A-lâm ê su-bûn-kám,
Khì tō siau, piàn kah tsiok m̄-kam.
Siūnn-beh kā i huē-sit-lé, kā i lám.
Siūnn-kóng ngē beh kā kái, ē hāi i tsiok tshi-tshám,
Nā beh un-un-ài-ài, tio̍h-ài hōo-siong him-sióng, to-to pau-hâm.
Siūnn-tio̍h A-lâm ài khuànn-tsheh, tsai-iánn sè-kài ê tshiàu-tâm,
Kóng-uē ū tō-lí, ū tì-huī, thiann-tsiòng pîng-iú ná thiann thâu ná tàm.
Bat thian-bûn, bat tē-lí, thiann i kóng-kóo, bē-su teh sè-kài tuā-iû-lám.
Tiâu-ti̍t-lâng kóng-uē, bô khó-lîng hōo lí ná teh kâm kim-kâm.
Tha̍k-tsheh-lâng gia̍h pit siá kong-hâm,
Bô khó-lîng áu i khì gia̍h tshìng, sái kun-lām.
A-lâm iù-jī ê sim-su kah bín-kám,
Tuā-hàn tú-hó tsò huat-kuann, tsò tsing-thàm.
Phò tsiok tsē àn, kiù tsiânn tsē lâng, iah-tshut tsē-tsē pháinn-lâng ê oo-àm,
Tsò kah īnn-tiúnn, tsiân-tôo kong-bîng tshàn-lān bô àm-tām.
Hó-ka-tsài A-hâm tong-tshoo liōng-kái, bô tsò-sîng uî-hām,
Tsit-má tsiah thang tsò hu-jîn, ná teh kâm kim-kâm.

A-thiam in tau khui mī-tiàm,
Tsá tō kuàn-sì tiánn-tsàu ê huè-iām.
Sè-hàn m̄-kiann ji̍t-thâu iām,
Sì-kè pha-pha-tsáu, kuānn tuì thâu-kha̍k-tíng tih kàu kha-liâm.

個阿母的偏名叫阿豔
定定掠阿添來啖鹹纖[5]
罵講伊的頷頸哪會規逝鹽
生理囡仔的個性袂惦惦
嘛無可能遐幼秀會攑針
看人相罵相拍　伊會出面相占
有時狡怪桸饞　店裡的滷菜會偷拈
連貴參參的虱目魚臁肚嘛敢捻
爸母生理做甲有夠忝
喊伊讀冊　伊煞應講拜託共伊當做人客莫遐嚴
人客窒倒街　爸母無閒頤頤無閒縫　無通共雜唸[6]
雖然阿添吐劍光頭殼尖尖尖
毋過看著爸母拍拚咧顧店　有帶念就轉虧欠
佳哉知廉恥變勤儉
有責任　會承擔　袂想旋[7]　袂想閃
交朋友知影啥人妥當　啥人危險
有善念　袂予人汙染
有潛能　暫時放放[8]　毋過有前瞻
漸漸就會瑞氣千條金光閃閃
伊有參加運動提金牌的考驗
爸母去廟裡求籤　神明講這个囡仔免傷肜[9]
人生若食薟抑是控山巖

17. am iam | 金含和鹽

In a-bú ê phian-miâ kiò A-iām,

Tiānn-tiānn liah A-thiam lâi tam kiâm-siam,

Mē kóng i ê ām-kún ná ē kui-tsuā iâm.

Sing-lí gín-á ê kò-sìng bē tiām-tiām,

Mā bô khó-lîng hiah iù-siù, ē giah tsiam.

Khuànn lâng sio-mē, sio-phah, i ē tshut-bīn sio-tsiàm.

Ū-sî káu-kuài iau-sâi, tiàm--lí ê lóo-tshài ē thau liam.

Liân kuì-som-som ê sat-bak-hî liám-tóo mā kánn liàm.

Pē-bú sing-lí tsò kah ū-kàu thiám,

Hiàm i thak-tsheh, I suah ìn kóng

pài-thok kā i tòng-tsò lâng-kheh mài hiah giâm.

Lâng-kheh that-tó-ke, pē-bú bô-îng-tshih-tshih,

bô làng-phāng, bô thang kā tsap-liām.

Sui-jiân A-thiam thóo kiàm-kong, thâu-khak tsiam-tsiam-tsiam,

M̄-koh khuànn-tioh pē-bú phah-piànn teh kòo-tiàm,

ū tài-liām tō tsuán khui-khiàm.

Ka-tsài tsai liâm-thí, piàn khîn-khiām.

Ū tsik-jīm, ē sîng-tam, bē siūnn suan, bē siūnn siám.

Kau pîng-iú tsai-iánn siánn-lâng thò-tòng, siánn-lâng guî-hiám,

Ū siān-liām, bē hōo lâng u-jiám.

Ū tsiâm-lîng, tsiām-sî hòng-hòng, m̄-koh ū tsîng-tsiam.

Tsiām-tsiām tō ē suī-khì-tshian-tiâu, kim-kong-siám-siám.

忍會過定著福氣添
國手訓練的契約已經添　名嘛已經簽
對手會予伊做肉砧
金牌會綴伊回鄉　證明鐵枝仔嘛會磨成針

天公的安排攏有意涵
阿南佮阿添個性無相仝　攏有潛能和優點
只要勇敢接受風險和考驗　態度莫濫糝[10]
發揮特質　毋驚流汗　毋驚頷頸攏是鹽
人生最後攏是甘甜的金含

17. am iam | 金含和鹽

I ū tsham-ka ūn-tōng thẻh kim-pâi ê khó-giām,
Pē-bú khì biō--lí kiû-tshiam,
sîn-bîng kóng tsit-ê gín-á bián siunn siam,
Jîn-sing ná tsiảh hiam ảh-sī khàng suann-giâm,
Lún ē kuè, tiānn-tiỏh hok-khì thiam.
Kok-tshiú hùn-liān ê khè-iok í-king thiam, miâ mā í-king tshiam.
Tuì-tshiú ē hōo i tsò bah-tiam,
Kim-pâi ē tuè i huê-hiong,
tsìng-bîng thih-ki-á mā ē buâ sîng tsiam.

Thinn-kong ê an-pâi lóng ū ì-hâm.
A-lâm kah A-thiam, kò-sìng bô sio-kâng,
lóng ū tsiâm-lîng hām iu-tiám.
Tsí-iàu ióng-kám tsiap-siū hong-hiám hām khó-giām,
thāi-tōo mài lām-sám,
Huat-hui tik-tsit, m̄ kiann lâu-kuānn, m̄ kiann ām-kún lóng sī iâm.
Jîn-sing tsuè-āu lóng sī kam-tinn ê kim-kâm.

語詞註解

1. 做主官:tsò tsú-kuann,當負責人,領導者。
2. 膽膽:tám-tám,怕怕的。
3. 譀:hàm,誇張。
4. 條直人:tiâu-tit-lâng,憨直或坦率的人。
5. 鹹纖:kiâm-siam,鹹淡或口味。
6. 雜唸:tsa̍p-liām,嘮叨,囉囉嗦嗦話說個不停。
7. 旋:suan,逃跑、溜。
8. 放放:hòng-hòng,散漫馬虎。
9. 眨:siam,瞄、偷看,迅速地看一下子。
10. 濫糝:lām-sám,隨便、胡亂來。

華台英俗語快譯通

台 做官清廉,食飯攪鹽。
Tsò-kuann tshing-liâm, tsia̍h-pn̄g kiáu iâm.

華 公事公辦。

英 Business is business.

17. am iam ｜ 金含和鹽

華台英
音字袂花去

飯店
pn̄g-tiàm
a restaurant
飯店

共人占
kā lâng tsiàm
to prevent
調停糾紛

拈田嬰
liam tshân-enn
to pick up
a dragonfly
抓蜻蜓

踮遮
tiàm tsia
stay here
在這裡

菜砧
tshài-tiam
a chopping board
砧板

問題討論

1. 人生敢有予你料想袂到的發展？為啥物？
2. 你敢有相信去廟裡求籤抑是去教堂祈禱？為啥物？
3. 你較佮意較文抑是較武的人？為啥物？

應答短文

料想袂到

　　料想袂到的人生才有趣味。世間無絕對，無好的代誌，無一定無好。我有一個國中足厚話的同學，伊無啥愛讀冊，逐工四界和人開講，無規無矩，定定予老師罰徛揌手蹄仔。三十冬後，伊變做一個跨國、誠成功的生理人。人講「生理囝偆生」，當初的缺點煞全部變做伊的優點。

　　我家己的發展嘛可能是人料想袂到的。散食甲強欲予鬼掠去的囡仔，差一點仔予人抱去做囝，考牢高雄女中絕對是天公仔囝命，神欲叫我出去改變一世人的運命。後來大學日間部考無牢，誠見笑，這馬翻頭共想起來是好代，因為神安排我讀夜間部，我才有機會趁錢飼家己。閣較想無的是，我讀外文系，哪會英語人走來做台語，閣發心欲做台語永遠的學生、信徒、蝴蝶公主，這絕對閣是神安排欲予我做功德的機會。閣有喔，當初我想欲讀師大，功課傷穤無法度。毋過我最後的學歷竟然是師大的博士，連我家己嘛無料著。我只是綴運命順順仔行，毋驚艱苦，堅持善良，巧巧仔想，戇戇仔做。因為活落去，勇敢向前行，人生就有希望。

這馬我咧看我的國中學生，我嘛是盡量看個的優點。有鼓勵，個的人生就會開出一蕊花。

18. an ian

阿安阿燕感動天

阿安佮我讀全班
拄出世就有超磅的黃疸
自細漢親像鴨仔瘟[1]
身體欠安才號名阿安
藥罐仔捾綑綑　萬項機關有制限
個阿母攢強氣散佮營養餐　共伊補　共伊綩[2]
對伊健康無效的產品邊仔擲
毋是天然的嘛無在眼

慢慢　慢慢　慢慢仔等
阿安大漢無簡單
細粒子無佮懸　毋過瘦囥瘦有牽挽[3]
做代誌袂懶懶　誠大範閣無頂顢[4]
心思無因為病疼就起大亂
脾氣袂因為艱苦就起番
人生毋驚有困難
嫁著好翁有大財產
翁某全心骨力趁
翁婿俊彥變大老闆

A-an A-iàn Kám-tōng Thian

A-an kah guá thak kāng-pan.
Tú tshut-sì tō ū tshiau-pōng ê n̂g-thán,
Tsū sè-hàn tshin-tshiūnn ah-á-tan,
Sin-thé khiàm-an tsiah hō-miâ A-an.
Io̍h-kuàn-á kuānn ân-ân, bān-hāng ki-kuan ū tsè-hān,
In a-bú tshuân kiông-khì-sàn kah îng-ióng-tshan, kā i póo, kā i hân.
Tuì i kiān-khong bô-hāu ê sán-phín pinn-á tàn,
M̄-sī thian-jiân--ê mā bô tsāi gán.

Bān-bān, bān-bān, bān-bān-á tán.
A-an tuā-hàn bô kán-tan.
Sè-lia̍p-tsí bô guā kuân, m̄-koh sán bóng sán ū khan-bán,
Tsò tāi-tsì bē lán-lán, tsiânn tuā-pān koh bô hân-bān.
Sim-su bô in-uī pēnn-thiànn tō khí-tuā-luān,
Phî-khì bē in-uī kan-khóo tō khí-huan.
Jîn-sing m̄-kiann ū khùn-lân.
Kè-tio̍h hó-ang ū tuā-tsâi-sán.
Ang-bóo kāng-sim kut-la̍t thàn,
Ang-sài Tsùn-gān piàn tuā-láu-pán,

閣蓄幾若塊好田
樓仔厝買幾若層
做頭家閣有時間通休閒
頭家娘阿安閣較無閒嘛堅持逐工運動無怠慢
伊照課表操練若上班
身體勇健　早就無像細漢按呢吞藥丹

人人呵咾阿安讚讚讚
講伊袂輸魚仔逃出罾⁵
燒鋼毋驚冰咧滲⁶
田塗度過天大旱
霜冬梅花忍得寒
阿安教咱免怨嘆　免自我設限
若無放棄　天公土地公攏予咱有靠岸
仝款健康平安　家庭溫暖　前途光燦

Koh hak kuí-nā tè hó-tshân,

Lâu-á-tshù bé kuí-nā tsàn,

Tsò thâu-ke koh ū sî-kan thang hiu-hân.

Thâu-ke-niû A-an koh-khah bô-îng

mā kian-tshî ta̍k-kang ūn-tōng bô tāi-bān,

I tsiàu khò-pió tshau-liān ná siōng-pan,

Sin-thé ióng-kiānn tsá tō bô tshiūnn sè-hàn án-ne thun io̍h-tan.

Lâng-lâng o-ló A-an tsán tsán tsán,

Kóng i bē-su hî-á tô-tshut tsan,

Sio kǹg m̄-kiann ping teh gàn,

Tshân-thôo tōo-kuè thinn tāi-hān,

Sng-tang muî-hue lún tit hân.

A-an kà lán bián uàn-thàn, bián tsū-ngóo siat-hān.

Nā-bô hòng-khì, Thinn-kong, Thóo-tī-kong

lóng hōo lán ū khò-gān.

Kāng-khuán kiān-khong pîng-an,

ka-tîng un-luán, tsiân-tôo kong-tshàn.

阿燕編佇阮隔壁班　早前阮仝幼稚園
個兜本底好額足濟銅仙
錢袋仔袂淺　三頓有魚翅燕窩若辦國宴
後來個阿爸食酒過量　頭殼變顛顛
某囝的生活若像喪家犬
阿燕的性命變做可憐閣臭賤[7]
哪知天譴連連　阿母煞破病　生活愈變無撚
阿燕全心顧爸母無怨言
煮予阿母食新鮮
飼伊食鱸魚煮薑絲　肝腱焐雪蓮
命運霜滿天　雪花片片
當做上天的試煉
跋倒閣跙起　失敗再奮戰
火若欲化去　共風用力搧
青春的花蕊　毋願放予蔫[8]
發穎的幼葉　袂當予著蝝
毋通若鱸魚　溪底在人電
無愛像狗蟻　箍佇燒鼎煎
毋願若熊虎　陷佇水深淵
阿燕意志堅　心肝善　道德顯
心內有坤乾　有耶穌　有佛禪

18. an ian | 阿安阿燕感動天

A-iàn pian tī gún keh-piah-pan, tsá-tsîng gún kāng iú-tsí-ián.
In tau pún-té hó-giàh, tsiok tsē tâng-sián,
Tsînn-tē-á bē-tshián, sann-tǹg ū hî-tshì, iàn-o, nā pān kok-iàn,
Āu--lâi in a-pah tsiàh-tsiú kuè liōng, thâu-khak piàn thian-thian.
Bóo-kiánn ê sing-uàh ná-tshiūnn sòng-ka-khián,
A-iàn ê sìnn-miā piàn-tsò khó-liân koh tsháu-tsiān.
Ná tsai thinn-khiàn liân-liân, a-bú suah phuà-pēnn,
sing-uàh jú piàn-bô-liàn.
A-iàn tsuân-sim kòo pē-bú bô uàn-giân,
Tsú hōo a-bú tsiàh sin-sian,
Tshī i tsiàh liân-hî tsú kiunn-si, kuann-liân tīm suat-liân,
Miā-ūn song-buán-thian, suat-hua phiàn-phiàn,
Tòng-tsò siōng-thian ê tshì-liān.
Puàh-tó koh peh-khí, sit-pāi tsài hùn-tsiàn,
Hué nā beh hua--khì, kā hong iōng-làt siàn,
Tshing-tshun ê hue-luí m̄-guān pàng hōo lian,
Puh-ínn ê iù-hiòh bē-tàng hōo tiòh iân.
M̄-thang ná liân-hî khe-té tsāi-lâng tiān,
Bô-ài tshiūnn káu-hiā khoo tī sio-tiánn tsian,
M̄-guān ná hîm hóo hām tī suí-tshim-ian.
A-iàn ì-tsì kian, sim-kuann siān, tō-tik hián,
Sim-lāi ū khun-khiân, ū Iâ-soo, ū hùt-siân,

相信油湯食　油湯趁　一仙⁹變萬千
相信刺毛蟲一寸行一寸食　蝴蝶會破繭

阿燕的孝心志氣感動天
日日追求成功大發展
年年得著世界冠軍區
重信用袂共人謳¹⁰　袂共人騙
伊若有趁錢　就行善佮貢獻
所以　好人緣快樂若神仙
揣著好連理結姻緣
翁賢情牽　囝孫滿堂瓜連綿
伊的拍拚　伊的表現　予眾人足欣羨
伊的故事　伊的詩篇　啟示有深淺
予失志的人有期勉
相信烏雲若過就會見青天

18. an ian | 阿安阿燕感動天

Siong-sìn iû-thng tsiah, iû-thng thàn, tsit sián piàn bān-tshian,
Siong-sìn tshì-môo-thâng tsit tshùn kiânn tsit tshùn tsiah,
ôo-tiap ē phò kián.

A-iàn ê hàu-sim tsì-khì kám-tōng thian.
Jit-jit tui-kiû sîng-kong tuā huat-tián,
Nî-nî tit-tioh sè-kài kuan-kun pián.
Tiōng sìn-iōng bē kā lâng piàn, bē kā lâng phiàn.
I nā ū thàn-tsînn, tō hîng-siān kah kòng-hiàn,
Sóo-í hó-lâng-iân, khuài-lok ná sîn-sian.
Tshuē-tioh hó-liân-lí kiat in-iân,
Ang hiân tsîng khian, kiánn-sun-buán-tông, kua liân-biân.
I ê phah-piànn, i ê piáu-hiān, hōo tsìng-lâng tsiok him-siān,
I ê kòo-sū, i ê si-phian, khé-sī ū tshim-tshián,
Hōo sit-tsì ê lâng ū kî-bián,
Siong-sìn oo-hûn nā kuè tō ē kiàn tshing-thian.

語詞註解

1. 鴨仔癉：ah-á-tan，瘦弱、發育不良的鴨子。
2. 繏：hân，輕輕地束縛住，比喻戰戰兢兢地照顧。
3. 牽挽：khan-bán，比喻能持久、有耐力。
4. 頇顢：hân-bān，形容人愚笨、遲鈍、笨拙、沒才能。
5. 罾：tsan，魚網。
6. 滲：gàn，凍、冰冷、使冷、淬鍊。
7. 臭賤：tshàu-tsiān，粗俗、卑賤不堪。
8. 蔫：lian，枯萎、乾枯。
9. 仙：sián，錢幣單位，借音自 cent(一分錢)。
10. 諞：pián，詐欺、拐騙。

華台英俗諺快譯通

台 大敗必有大興。
Tāi-pāi pit iú tāi-hing.

華 否ㄆ極ㄐ泰ㄊ來ㄌ。

英 After a storm comes a calm.

18. an ian │ 阿安阿燕感動天

華台英
音字袂花去

田塗
tshân-thôo
earth/mud
田土

土地
thóo-tē
a land
土地

贊成
tsàn-sîng
to agree
同意

真讚
tsin tsán
good
很棒

攢物件
tshuân mih-kiānn
to prepare
準備東西

問題討論

1. 你心情鬱卒的時，按怎排解？為啥物？

2. 欲按怎予家己的身體閣較勇健？請講出你的步數。

3. 你人生敢有拄過啥物困難？你按怎解決？

應答短文

看天頂

　　無仝年歲，排解鬱卒的方法無仝。

　　細漢我會看對天頂，天青青青、闊闊闊，鬱卒隨準煞。這款看天頂佮天公開講的慣勢到今猶有。到國中、高中，我戇戇仔讀冊，心情罕得無拄好，毋過若拄搪烏雲罩日，我就浸佇冊局看冊，目睭綴文字行，會較冷靜，心情綴作者徙，鬱卒就無去矣。看著仝款處境，就自我治療矣。有時閣看甲會笑呢！到大學、研究所，除了看冊，我上捷寫日記，後來結婚、生囝、教冊，逐工無閒甲若干樂，工課上心情無清彩，就掠阮翁講，無仝領域咿咿啊啊聽攏無，閣三不五時倒唸規篇，本底干焦欲消敨，煞舞甲強欲吼，想欲揤畚斗。結論是翁袂靠得。教三擺就乖矣，我開始聽家己的心聲，揣袂共咱應喙應舌的大自然療傷止疼，心情穩就去駁岸抑是後山散步吹風，享受孤單，到今這猶是上好的方法，因為所在開闊，四界看，鬱卒就無去矣。我 100 年的時著癌，感覺快樂感恩才會健康，逐擺我欲出去行路的時，嘛會先去共土地公講一下，先感恩眾神賜我平安幸福，若有心事就交予天安排，共講我袂失志，會繼續用善良拍拚。

　　我這馬閣有進步喔！攏會想著阿母慈悲的面容佮好性，伊 28 歲守寡，問伊會怨嘆袂，伊講：「啊都戇戇仔做。」伊一世人毋捌摃囡仔，袂共人大細聲，這馬老矣，笑起來目睭彎彎一條線，古錐閣慈悲。若鬱卒，想著阿母的面容，我就知影啥物叫做勇敢佮堅強。

19. ang iang

外行翁掠蜂假熻

恁翁哪會鼻頭紅紅紅
伊昨昏去共人鬥掠蜂
假內行包一塊塑膠網
頭殼規粒包咧嘛袂當
頷頸規箍縛絚無振動
巧蜂內行知影佗漏空
輕輕鬆鬆揣著足濟縫
袂輸開門開窗開磅空
痟[1] 蜂規篷同齊飛入房
叮甲悽慘投降喝救人
佳哉無共鼻空準灶空
橫柴入灶直直迵七孔
若無規箍烏有全無望
伊規个面腫甲若肉粽
鼻頭隨若紅龜[2] 脛[3]脛脛
目睭變做兩甕大酒甕
喙脣足成兩塊蔥仔麭
頭殼兩噗米奇無地藏

Guā-hâng Ang Liàh Phang Ké-iāng

"Lín ang ná ē phīnn-thâu âng-âng-âng?"
"I tsa-hng khì kā lâng tàu liàh phang.
Ké lāi-hâng pau tsit-tè sok-ka-bāng,
Thâu-khak kui liàp pau--leh mā bē-tàng.
Ām-kún kui khoo pàk ân bô tín-tāng,
Khiáu phang lāi-hâng tsai-iánn tó lāu khang,
Khin-khin-sang-sang tshuē-tiòh tsiok-tsē phāng.
Bē-su khui mn̂g, khui thang, khui pōng-khang.
Siáu phang kui phâng tâng-tsê pue-jip pâng,
Tìng kah tshi-tshám, tâu-hâng, huah-kiù-lâng.
Ka-tsài bô kā phīnn-khang tsún tsàu-khang,
Huâinn-tshâ jip-tsàu tit-tit thàng tshit-kháng,
Nā-bô kui khoo oo-iú tsuân bô-bāng.
I kui-ê bīn tsíng kah ná bah-tsàng,
Phīnn-thâu suî ná âng-ku hàng-hàng-hàng,
Bàk-tsiu piàn-tsò nn̄g-àng tuā tsiú-àng,
Tshuì-tûn tsiok sîng nn̄g-tè tshang-á pháng
Thâu-khak nn̄g phok Mí-khih bô tè tshàng."

恁翁哪會遐好央⁴

伊生成逐項愛分享

退休佇厝傷過涼

相招的喨仔一下鈃⁵

伊雙跤若縛炮隨起蹺

開喙那唱閣那嚷

講伊洪的是庄裡上大龐⁶

逐項上蓋勥⁷

萬項難逃伊的如來掌

褪腹裼　沖水沖

扛石頭　做路障

割草仔莫予發甲齴齴齴

鑽涵溝毋驚倒摔向⁸

只要莫偷拈　莫偷占　莫共人烏　莫共人勏⁹

阮翁走第一　實在真好央

蜂毋是一般的花蟲

這擺惹著蜂　佮古早皮肉的疼無相仝

毋管你體格偌大龐　偌大欉

你武功蓋天下　世界無雙偌在行

你的筋肉是鐵抑是銅

你世界勇捌上山拍虎威震山崗

19. ang iang ｜外行翁掠蜂假煬

"Lín ang ná-ē hiah hó iang?"
"I senn-sîng ta̍k-hāng ài hun-hiáng.
Thè-hiu tī tshù siunn-kuè liâng.
Sio-tsio ê liang-á tsi̍t-ē giang,
I siang-kha ná pa̍k phàu suî khí-tshiàng.
Khui-tshuì ná tshiùnn koh ná jiáng,
Kóng i Âng--ê sī tsng--lí siōng tuā-phiāng,
Ta̍k-hāng siōng-kài khiàng,
Bān-hāng lân tô i ê Jû-lâi-tsiáng.
Thǹg-pak-theh, tshiâng tsuí-tshiâng,
Kng tsio̍h-thâu, tsò lōo-tsiàng,
Kuah tsháu-á, mài hōo huat kah giàng-giàng-giàng,
Tsǹg âm-kau m̄-kiann tò-siak-hiàng,
Tsí-iàu mài thau-liam, mài thau-tsiàm, mài kā lâng oo, mài kā lâng khiang,
Gún ang tsáu tē-it, si̍t-tsāi tsin hó iang."

Phang m̄-sī it-puann ê hue-thâng,
Tsit pái jiá-tio̍h phang, kah kóo-tsá phuê-bah ê thiànn bô sio-kâng.
M̄-kuán lí thé-keh guā tuā-phiāng, guā tuā-tsâng,
Lí bú-kong kài-thian-hā, sè-kài bû-siang, guā tsāi hâng.
Lí ê kin-bah sī thih ia̍h-sī tâng,
Lí sè-kài ióng, bat tsiūnn-suann phah-hóo, ui tsìn suann-kang,

你田螺含水過冬意志贏過眾人
講實在的　若欲共人鬥相共
命才一條　為著某囝毋通烏白送
若欲予人央　安全第一項
拜託戇翁　毋通假煬 [10]
毋通臭屁　外行假內行

19. ang iang | 外行翁掠蜂假煬

Lí tshân-lê kâm tsuí kuè-tang, ì-tsì iânn-kuè tsìng-lâng,
Kóng sit-tsāi--ê, nā beh kā lâng tàu-sann-kāng,
Miā tsiah tsit-tiâu, uī-tio̍h bóo-kiánn, m̄-thang oo-pe̍h sàng.
Nā beh hōo lâng iang, an-tsuân tē-it hāng,
Pài-thok gōng-ang, m̄-thang ké-iāng,
M̄-thang tshàu-phuì, guā-hâng ké lāi-hâng.

語詞註解

1. 痟：siáu，瘋狂、神經錯亂。
2. 紅龜：âng-ku，紅龜粿，由糯米製成，常用來祭拜神明。
3. 胖：hàng，腫起。多因發炎關係。
4. 央：iang，請求、懇求。
5. 鈃：giang，鈴聲響起。
6. 大龐：tuā-phiāng，大塊頭，身材高大。
7. 勥：khiàng，精明能幹、能力很行、很強。
8. 倒摔向：tò-siak-hiàng/tò-siàng-hiànn，後傾摔倒。
9. 勨：khiang，偷、強取。
10. 煬：iāng，神氣、臭屁。

華台英俗諺俚語譯通

台 無事夯枷，無枷夯傀儡。
Bô sū giâ-kê, bô kê giâ ka-lé.

華 自ㄗˋ討ㄊㄠˇ苦ㄎㄨˇ吃ㄔ。

英 Let sleeping dogs lie.

19. ang iang ｜外行翁掠蜂假煬

華台英
音字袂花去

膖起來
hàng--khí-lâi
a lump
腫一塊

紅絳絳
âng-kòng-kòng
scarlet
深紅色

投降
tâu-hâng
to surrender
投降

目降鬚聳
bák-kàng-tshiu-tshàng
in a rage
火冒三丈

問題討論

1. 欲按怎推辭你無想欲做抑是做袂到的代誌?

2. 你敢是一个足好央的人?請舉例說明閣講出理由。

3. 你較內行抑是較外行的代誌是啥物?為啥物?

應答短文

袂使就是袂使

　　推辭代誌的方法就是堅持,予人知影你的意志。以前㧌囡仔出去耍,個有當時仔會討欲買物件,我若感覺無需要、無法度,抑是物件無遐的價值,我上捷講的是「袂使就是袂使」。聽著不止仔無情無義,毋過爸母的責任敢毋是牽教囡仔過有站節的生活?教囡仔骨力勤儉、會曉分好歹人,莫予人拐去、莫想貪。

　　做人互相互相,有量才有福,有才調共人鬥相共誠有福氣,所以人講「好心有好報」。我嘛罕得共人拒絕,只要莫犯法,時間會拄好,我是誠好心、人叫我就行的人。就按呢足濟恰我無底代的牚頭,人好禮仔拜託,我定定就承起來做。

一半擺仔歹運拄著揀責任、欲共咱偏的人，我嘛無要緊，一目金，一目瞌，清彩啦！做別人的工課，練家己的工夫，人生嘛發覺無全的趣味，交著南北二路的新朋友。毋過到咱這个歲，體力較輸矣，若真正無法度，我會勇敢講：「歹勢，最近較無閒。」毋通予人空等，耽誤別人。

袂使就是袂使，無閒就是無閒。為著清心，為著展現自信佮堅持，為著有久久長長、快樂健康的日子，應該愛自在閣勇敢，表示家己的意志。

20. ap at ak ah

鐵盒漆漆四角有合

我共頭家講欲買一个鐵盒
頭家頭額汗涿　無閒通回答
頭家娘內外操煩逐項插
工課真複雜
拄著塗跤有垃圾 [1]
攑掃帚抔塗屑掃紙屑
規間掃甲清氣沓沓
買賣入數交稅著愛伊出納
閣著補壁頂彼幾塌 [2]
嘛著教囝　食飯袂當咂咂咂 [3]
有時去菜市仔買田蛤
佇厝看著胡蠅著隨欻 [4]
伊看我愣佇遐　頭家的目睭眨嘛無眨 [5]
就火山爆發算到十
走來問我欲買啥物鐵盒

我講買啥物鐵盒我毋捌
干焦知影欲用來漆油漆
伊講我來鬥買骨力食栗

20. ap at ak ah | 鐵盒漆漆四角有合

Thih-a̍p Tshat Tshat Sì-kak Ū Ha̍h

Guá kā thâu-ke kóng beh bé tsi̍t-ê thih-a̍p,
Thâu-ke thâu-hia̍h kuānn tsha̍p, bô-îng thang huê-tap.
Thâu-ke-niû lāi-guā tshau-huân ta̍k hāng tshap,
Khang-khuè tsin ho̍k-tsa̍p.
Tú-tio̍h thôo-kha ū lah-sap,
Gia̍h sàu-tshiú put thôo-sap, sàu tsuá-sap,
Kui-king sàu kah tshing-khì-ta̍p-ta̍p.
Bé-bē, jip-siàu, kau-suè tio̍h-ài i tshut-la̍p,
Koh tio̍h póo piah-tíng hit kuí-lap.
Mā tio̍h kà kiánn tsia̍h-pn̄g bē-tàng tsa̍p tsa̍p tsa̍p.
Ū-sî khì tshài-tshī-á bé tshân-kap,
Tī tshù khuànn-tio̍h hôo-sîn tio̍h suî hap.
I khuànn guá gāng tī hia, thâu-ke ê ba̍k-tsiu tsha̍p mā bô tsha̍p,
Tō hué-suann po̍k-huat, sǹg kàu tsa̍p,
Tsáu lâi mn̄g guá beh bé siánn-mih thih-a̍p.

Guá kóng bé siánn-mih thih-a̍p guá m̄-bat,
Kan-na tsai-iánn beh iōng lâi tshat iû-tshat.
I kóng guá lâi tàu bé kut-la̍t tsia̍h-la̍t,

紲落煞剾洗阿爸嘛誠㤉
欲買啥物哪會攏無表達
店裡的物件囥甲密密密
遮窒　遐窒　櫼甲實實實
行路跤步強欲拍死結
狹櫼是店裡的大欠缺
予伊來鬥揣會較好決
佳哉頭家娘佮阿爸有相捌[6]
敲電話去罵伊無交代好勢誠三八

阿爸講欲買一个鐵盒四角四角
佮大佮細伊嘛無把握
油漆漆了無欲擲挕捒[7]
會使提來硞塗墼　飼鴨鵤　貯紅麴
抾螺仔殼　囥毛筆佮烏墨
嘛欲做水斗通共茉莉沃
頭家娘笑一下講我聽你咧唱歌拍碌磚[8]
講阮阿爸的頭殼無正確　無智覺　歹扭搦
聽甲耳仔足刺鑿
心情強欲起齷齪

20. ap at ak ah | 鐵盒漆漆四角有合

Suà--lòh suah khau-sé a-pah mā tsiânn sat,
Beh bé siánn-mih ná ē lóng bô piáu-tat.
Tiàm--lí ê mih-kiānn khǹg kah bat-bat-bat.
Tsia that hia that, tsinn kah tsat-tsat-tsat.
Kiânn-lōo kha-pōo kiōng-beh phah sí-kat,
Èh-tsinn sī tiàm--lí ê tuā khiàm-khuat.
Hōo i lâi tàu tshuē ē khah-hó kuat.
Ka-tsài thâu-ke-niû kah a-pah ū sio-bat.
Khà tiān-uē khì mē i bô kau-tài hó-sè, tsiânn sam-pat.

A-pah kóng beh bé tsit-ê thih-àp sì-kak sì-kak,
Guā tuā guā sè i mā bô pá-ak.
Iû-tshat tshat-liáu bô beh tàn-hìnn-kak,
Ē-sái thèh lâi teh thôo-kat, tshī ah-kak, té âng-khak,
Khioh lê-á-khak, khǹg môo-pit kah oo-bak.
Mā beh tsò tsuí-khat thang kā bak-nī ak.
Thâu-ke-niû tshiò tsit-ē kóng,
"guá thiann lí leh tshiùnn-kua, phah lak-tak."
Kóng gún a-pah ê thâu-khak bô tsìng-khak,
bô tì-kak, pháinn-liú-lak.
Thiann kah hīnn-á tsiok tshì-tshak,
Sim-tsîng kiōng-beh khí ak-tsak.

笑阮阿爸小學烏白讀
哪會遮白目　蓄一个鐵盒欲逐項縛
害伊聽甲欲反腹　笑甲啉茶著咳嗽
鐵盒的功能袂當攏包牒
油漆漆了驚有毒　盒仔著水沖　著日曝
貯用的　閣會當　貯食的　千萬毋通沐
伊笑笑大聲講　我看予你做尿斗仔做屎礐

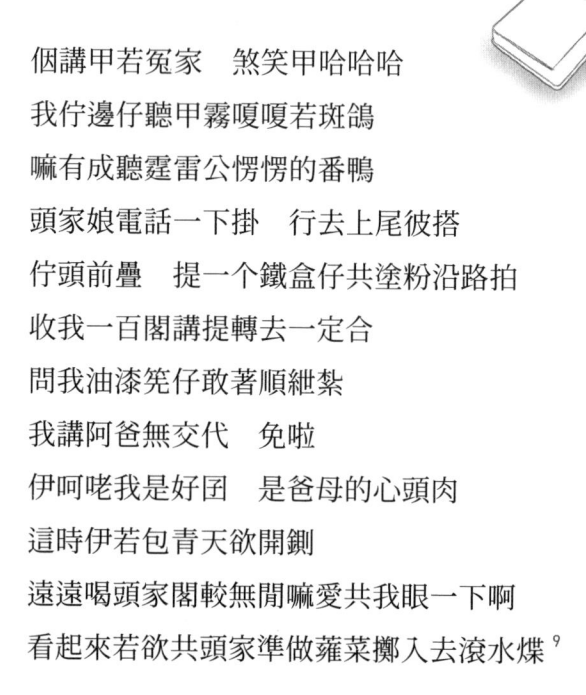

個講甲若冤家　煞笑甲哈哈哈
我佇邊仔聽甲霧嗄嗄若斑鴿
嘛有成聽霆雷公愣愣的番鴨
頭家娘電話一下掛　行去上尾彼搭
佇頭前疊　提一个鐵盒仔共塗粉沿路拍
收我一百閣講提轉去一定合
問我油漆笐仔敢著順紲紮
我講阿爸無交代　免啦
伊呵咾我是好囝　是爸母的心頭肉
這時伊若包青天欲開鍘
遠遠喝頭家閣較無閒嘛愛共我眼一下啊
看起來若欲共頭家準做蕹菜擲入去滾水煠⁹

Tshiò gún a-pah sió-hák oo-péh thák.

Ná ē tsiah péh-bák, hak tsit-ê thih-áp beh ták hāng pák.

Hāi i thiann kah beh píng-pak, tshiò kah lim tê tióh-ka-tsák.

Thih-áp ê kong-lîng bē-tàng lóng pau-pák.

Iû-tshat tshat-liáu kiann ū tók, áp-á tióh tsuí tshiâng, tióh jit phák.

Té iōng--ê koh ē-tàng, té tsiáh--ê tshian-bān m̄-thang bak.

I tshiò-tshiò tuā-siann kóng,

"guá khuànn hōo lí tsò jiō-táu-á, tsò sái-hák."

In kóng kah ná uan-ke, suah tshiò kah hah-hah-hah.

Guá tī pinn-á thiann kah bū-sà-sà ná pan-kah,

Mā ū-sîng thiann tân-luî-kong gāng-gāng ê huan-ah.

Thâu-ke-niû tiān-uē tsit-ē kuà, kiânn khì siōng-bué hit-tah,

Tī thâu-tsîng thah théh tsit-ê thih-áp-á, kā thôo-hún iân-lōo phah,

Siu guá tsit-pah, koh kóng théh--tńg-khì it-tīng háh,

Mn̄g guá iû-tshat-tshíng-á kám tióh sūn-suà tsah.

Guá kóng, "a-pah bô kau-tài, bián--lah."

I o-ló guá sī hó-kiánn, sī pē-bú ê sim-thâu-bah.

Tsit-sî, i ná Pau Tshing-thian beh khui-tsáh,

Hn̄g-hn̄g huah thâu-ke koh-khah bô-îng mā ài kā guá gán--tsit-ē ah!

Khuànn--khí-lâi ná beh kā thâu-ke tsún-tsò ìng-tshài tàn jip-khì kún-tsuí sáh.

我心內想欲喝救人叫俺娘喂叫阮媽媽
大人到底咧想啥　這是啥物世界啊

莫臆 [10] 啦
我緊出力搦鐵盒
甲毋捌　莫三八
莫插　愛智覺
啊　緊覗緊旋才著啦

20. ap at ak ah | 鐵盒漆漆四角有合

Guá sim-lāi siūnn-beh huah-kiù-lâng,
kiò án-niâ-uê, kiò gún mah-mah.
Tuā-lâng tàu-té teh siūnn siánn? Tse-sī siánn-mih sè-kài--ah?

Mài ioh--lah!
Guá kín tshut-la̍t la̍k thih-a̍p,
Kah m̄-bat, mài sam-pat,
Mài tshap, ài tì-kak,
Ah! Kín bih, kín suan tsiah tio̍h--lah!

語詞註解

1. 垃圾：lah-sap，骯髒，汙穢，不乾淨。
2. 塌：lap，凹陷。
3. 咂：tsáp，嚼食的聲音。
4. 欱：hop/hap，用雙手合掌捕捉。
5. 眨：tshap，眨眼。
6. 相捌：sio-bat/pat，彼此認識。
7. 抾捔：hìnn-kak，扔、丟棄。
8. 磟碡：lák-ták，壓埋土塊、雜草，整平田地的農具。
9. 煠：sáh，食物放入滾水的烹飪法。
10. 臆：ioh，猜測。

華台英俗語俏皮話譯通

台 俗物無好貨，好貨毋俗賣。
Siók-mih bô hó huè, hó huè m̄ siók bē.

華 一分錢一分貨。

英 You got what you pay for.

20. ap at ak ah ｜鐵盒漆漆四角有合　241

華台英
音字袂花去

佮意
kah-ì
to like
喜歡

蛤仔
kap-á
a frog
青蛙

扑著
hap--tio̍h
to cover
用手撲到

哈唏
hah-hi
to yawn
打呵欠

合穿
ha̍h tshīng
to fit
合身

問題討論

1. 你敢有共厝裡的人鬥相共,去買物件的經驗?請講看覓。

2. 你咧無閒的時是啥物心情佮表情?為啥物?

3. 你敢有家己抑是別人共一項物件做無仝用途的故事?請講看覓。

應答短文

做公差

　　我是阮兜上細漢的,自細漢就予人喝起喝倒做公差,本底有小可仔哀怨,毋過想法一下變,嘛是誠好耍,會當掛運動,閣通訓練我獨立、骨力的個性,閣有啥物攏毋驚的勇氣。

　　拄開始是派我近途的。阮大姊會喝我去籤仔店買四秀仔。阿母會叫我去捾豆油、退米酒矸仔、買塗豆。阿公會叫我去巷仔口買便藥仔。橫直大細項代誌我攏有咧走。

　　阿姊若叫我去買物件,會分我食,我趁著喙箍。予阿母派工課,攏是伊當無閒咧攢暗頓,我去鬥買,會當有孝。阿公叫我去買便藥仔,是因為伊人無爽快,我驚阿公身體各樣會無去,食藥仔通救伊的命。我毋捌驚,欲買啥物記予好勢,跤手緊，目標清楚，去到店仔共頭家講一下，找錢算術小算一下，檢查一下，翻頭共物件提予好勢，任務就完成矣。後來，國中讀冊較無閒，我就漸漸無做這款小使仔的工課矣。

21. ip it ik ih

著急必定玉變鐵

外口天氣澹澹閣溼溼
厝裡空氣燒燒閣翕翕
阿立呼吸變甲急急急
空氣歹歕偲出嘛偲[1]入
緊張的狀況若走空襲
警報的程度若一到十
阿立的危急是第一級

阿母煩惱甲花容盡失
毋甘囡仔瘖呴帶病疾
母囝常在驚惶咧過日
求神賜恩過予會使得
顧囝本是母親的天職
穿插四序食食懸品質
三頓攢雞腿毋攢雞翼[2]
徛蹛清氣毋予食花蜜
若起過敏會喘就袂直[3]

Tiȯh-kip Pit-tīng Gı̍k Piàn Thih

Guā-kháu thinn-khì tâm-tâm koh sip-sip,
Tshù--lí khong-khì sio-sio koh hip-hip.
A-lip hoo-khip piàn kah kip-kip-kip,
Khong-khì pháinn suh, oh tshut mā oh jip.
Kín-tiunn ê tsōng-hóng ná tsáu-khong-sip,
Kíng-pò ê thîng-tōo nā it kàu sip,
A-lip ê guî-kip sī tē-it kip.

A-bú huân-ló kah hua-iông tsīn sit.
M̄-kam gín-á he-ku tài pēnn-tsit.
Bú-kiánn tshiâng-tsāi kiann-hiânn teh kuè-jit,
Kiû sîn sù-un kuè hōo ē-saih--tit.
Kòo kiánn pún sī bú-tshin ê thian-tsit,
Tshīng-tshah sù-sī, tsiȧh-sit kuân phín-tsit.
Sann-tǹg tshuân ke-thuí m̄ tshuân ke-sit,
Khiā-tuà tshing-khì m̄ hōo tsiȧh hue-bı̍t,
Nā khí kuè-bín, ē tshuán tō bē-tit.

隨身雪文酒精消毒液
攏是防禦基本的選擇
毒菌塵蝨攏總是對敵
四界齊是戰疫的區域
外口垃圾踮厝練拍拍
關監的生活就莫排斥
身心安逸無病無壓迫
按呢才有心適的回憶
嘛袂刻刻都共阿母硞[4]
先顧健康才來拚成績
性命會對烏鐵變白玉

阿立請教醫生為啥物
敢有神奇開關通好抑[5]
喊伊瘔哅即刻走去覕[6]
醫生大氣吐煞目睭瞘
真心開破毋是烏白喋[7]
你的急性挕捒[8]毋通挃
喘氣才會順序袂各祕[9]
醫生敢是空喙假哺舌
轉去試才知閣有影哩
阿母毋免閣無閒頤頤

21. ip it ik ih | 著急必定玉變鐵

Suî sin sap-bûn, tsiú-tsing, siau-tȯk-ik,
Lóng sī hông-gū ki-pún ê suán-tik.
Tȯk-khún, tîn-sat lóng-tsóng sī tuì-tik,
Sì-kè tsiâu sī tsiàn-ik ê khu-hik.
Guā-kháu lah-sap, tiàm tshù liān phah-phik,
Kuainn-kann ê sing-uȧh tō mài pâi-thik.
Sin-sim an-ik, bû pēnn, bô ap-pik,
Án-ne tsiah ū sim-sik ê huê-ik,
Mā bē khik-khik to kā a-bú lik.
Sing kòo kiān-khong tsiah lâi piànn sîng-tsik,
Sènn-miā ē uì oo-thih piàn pȧh-gik.

A-lip tshíng-kàu i-sing uī-siánn-mih.
Kám ū sîn-kî khai-kuan thang-hó tshih,
Hiàm i he-ku tsik-khik tsáu-khì bih.
I-sing tuā-khuì thóo suah bȧk-tsiu nih,
Tsin-sim khui-phuà m̄-sī oo-pȧh thih,
"Lí ê kip-sìng hìnn-sak, m̄-thang tih,
Tshuán-khuì tsiah ē sūn-sī bē kok-pih."
I-sing kám-sī khang tshuì ké pōo tsih?
Tńg-khì tshì, tsiah tsai koh ū-iánn--lih.
A-bú m̄-bián koh bô-îng-tshih-tshih.

阿立信心無閣再消蝕
人生變做光明閣閃爍

個性的影響是沓沓滴滴
莫急　人生無缺缺
莫迫　青春袂折折 [10]
為健康拍拚較值任何物
平靜是玉　著急是鐵
著急一定玉變鐵
咱愛平靜如玉　莫硬拚若鐵

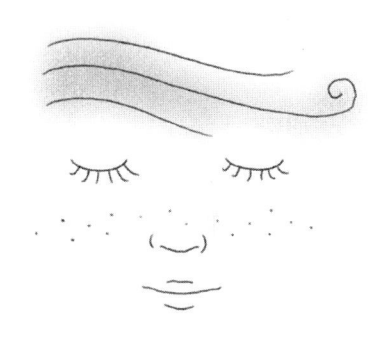

21. ip it ik ih | 著急必定玉變鐵

A-lip sìn-sim bô koh tsài siau-sih,
Jîn-sing piàn-tsò kong-bîng koh siám-sih.

Kò-sìng ê íng-hióng sī tảp-tảp-tih-tih.
Mài kip, jîn-sing bô khih-khih,
Mài pik, tshing-tshun bē tsiat-tsih,
Uī kiān-khong phah-piànn, khah tảt jīm-hô mih.
Pîng-tsīng sī gik, tiỏh-kip sī thih,
Tiỏh-kip it-tīng gik piàn thih.
Lán ài pîng-tsīng jû gik, mài ngē piànn ná thih.

語詞註解

1. 偓：oh，困難、不容易。
2. 雞翼：ke/kue-sit，雞翅膀。
3. 袂直：bē/buē-tit，沒完沒了。
4. 碌：lik，辛苦勞累。
5. 揤：tshih，按。
6. 覕：bih，躲、藏。
7. 喋：thih，愛說話、多言。
8. 挕捒：hìnn-sak，扔掉、丟棄。
9. 各觱：kok-pih，孤僻，性情、脾氣特別古怪、乖戾。
10. 折折：tsiat-tsih，彎曲且斷裂。

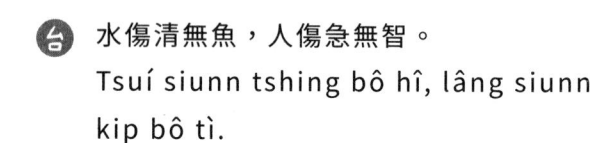

華台英俗諺快語通

台　水傷清無魚，人傷急無智。
Tsuí siunn tshing bô hî, lâng siunn kip bô tì.

華　心ㄒㄧㄣ急ㄐㄧˊ水ㄕㄨㄟˇ不ㄅㄨˋ沸ㄈㄟˋ。

英　A watched pot never boils.

21. ip it ik ih ｜ 著急必定玉變鐵

華台英
音字袂花去

痚呴
he-ku
a pant;
short of breath
氣喘

曲痀
khiau-ku
a humpback
駝背

跍落
ku--lo̍h
to crouch
蹲下

句讀
kù-tāu
punctuation
標點

拘留
khu-liû
to detain; to arrest
拘留

問題討論

1. 人講一工愛睏 8 點鐘,你敢有贊成?為啥物?
2. 啥物代誌予你急甲袂喘氣?為啥物?欲按怎?
3. 你敢有去看醫生的經驗?你是按怎共醫生講?

應答短文

愛睏就睏

　　人講的敢一定有準?家己的身體家己知。一工睏 8 點鐘,可能是予轉大人的少年家參考的。我這个歲,一工若睏 8 點鐘,驚會腰痠背疼,暗時睏袂去。我是以精神有飽足無來做標準,我上讚的睏法是 6 點鐘,若較忝就揀其中一兩工仔莫撨亂鐘仔,睏甲家己醒補眠。平常時若睏超過 8 點鐘,代誌無做,會有壓力,心內顛倒稀微。代誌做予了較歡喜。

　　我認為睏眠毋但顧時間,閣愛顧品質。心肝頭無囥心事,才睏會落眠,我甘願共工課做予了,抑是做甲一个坎站才安心仔去睏,攏嘛倒咧就睏。雖然有人苦勸我代誌無人會搶去做,抑是代誌永遠做袂了。是有影,毋過像我這款負責的個性，莫共人誤著，家己較安心。閣因為這馬攏是做家己佮意的台語，雖然有時拚暝工，心內猶原足歡喜，愈做愈有精神。

　　總講一句，心內有感恩、歡喜，予家己的付出有意義，睏眠的長短身軀自然就有智覺，愛睏就睏較自在，莫硬欲規定睏幾點鐘。

22. ooh oh ....

喔！請同學！

歡迎來阮兜喔
咱來相招呼　敢會當佮你握手共你揤[1]
足久無看著矣　有夠歡喜的喔
頂禮拜我起清瘦[2]
阿母共我關佇厝　若蘋果蓋蠟[3]包一重[4]膜
諱　我關甲強欲起痟[5]囉
歡迎光臨喔
阮歡喜甲相攬閣相揤
讚喔　來喔　阿母的料理排好矣囉
有 tsioo-kóo-lè-tòo　有 tóo-looh

今仔日拜六歇睏[6]免去學校學
阿母講佇厝耍嘛會當學淡薄
講我的病已經好　驚我恢復活骨會共囉[7]
規氣邀請阮同學
抑是個兜的小弟小妹姊姊抑哥哥
攏招來阮兜迌迌　阿母來辦桌[8]
有雞卵糕　有塗魠

Ooh! Tshiánn Tông-oh!

"Huan-gîng lâi gún tau--ooh!
Lán lâi sio tsio-hoo, kám ē-tàng kah lí ak-tshiú, kā lí mooh?"
"Tsiok kú bô khuànn--tioh--ah, ū-kàu huann-hí--ê--ooh!"
"Tíng lé-pài guá khí-tshìn-mȯoh,
A-bú kā guá kuainn tī tshù, ná phông-kó kài-lah pau tsit tîng mȯoh.
Hooh! Guá kuainn kah kiōng-beh khí-siáu--looh!"
Huan-gîng kong-lîm--ooh.
Gún huann-hí kah sio lám koh sio mooh.
Tsán--ooh! Lâi--ooh! A-bú ê liāu-lí pâi hó--ah--looh.
Ū tsioo-kóo-lè-tòo, ū tóo-looh.

Kin-á-jit Pài-lak hioh-khùn bián khì hak-hāu ȯh.
A-bú kóng tī tshù sńg mā ē-tàng ȯh--tām-pȯh.
Kóng guá ê pēnn í-king hó, kiann guá khue-hȯk uah-kut ē kā lō,
Kui-khì iau-tshiánn gún tông-ȯh,
Iah-sī in tau ê sió-tī, sió-muē, tseh-tseh iah koh-koh,
Lóng tsio lâi gún tau tshit-thô. A-bú lâi pān-toh.
Ū ke-nñg-ko, ū thôo-thoh.

我毋知同學佇䣌佗

閣這馬的人較慣勢家己發落

欲請個來阮兜有較偃

毋過等我電話敲過　信心的聖火就隨著 [9]

個這禮拜無我的線索

毋知我的下落

講無我做伙耍的日子若哺甘蔗粕 [10]

個閣拄好有閒無穡作

隨答應欲來予阮請食桌

無病無疼　有朋友相疼惜

心情親像自由自在的白翎鷥佮紅鶴

來食桌　來食桌

食予飽飽　健康歡喜就著

阿母　多謝你喔

同學　再會囉

來去囉

有閒才閣來阮兜耍喔

22. ooh oh ｜喔！請同學！

Guá m̄-tsai tông-o̍h in tuà toh,
Koh tsit-má ê lâng khah kuàn-sì ka-tī huat-lo̍h.
Beh tshiánn in lâi gún tau ū khah oh.
M̄-koh, tán guá tiān-uē khà--kuè, sìn-sim ê sìng-huè tō suî to̍h.
In tsit lé-pài bô guá ê suànn-soh,
M̄-tsai guá ê hē-lo̍h,
Kóng bô guá tsò-hué sńg ê jit-tsí ná pōo kam-tsià-phoh.
In koh tú-hó ū-îng bô sit tsoh,
Suî tah-ìng beh lâi hōo gún tshiánn tsia̍h-toh.
Bô-pēnn-bô-thiànn, ū pîng-iú sio thiànn-sioh,
Sim-tsîng tshin-tshiūnn tsū-iû-tsū-tsāi ê pe̍h-līng-si kah âng-ho̍h.
Lâi tsia̍h-toh, lâi tsia̍h-toh,
Tsia̍h hōo pá-pá, kiān-khong huann-hí tō tio̍h!

"A-bú, to-siā--lí--ooh!"
"Tông-o̍h, tsài-huē--looh!"
"Lâi-khì--looh!"
"Ū-îng tsiah-koh lâi gún tau sńg--ooh!"

語詞註解

1. 揔：mooh，緊抱、緊貼。
2. 起清瘼：khí-tshìn-mooh/mooh，蕁麻疹。
3. 蓋蠟：kài-la̍h，上蠟。
4. 重：tîng，層。計算重疊、累積物的單位。
5. 起痟：khí-siáu，發瘋。
6. 歇睏：hioh-khùn，休息、歇息、放假。
7. 囉：lō，吵。
8. 辦桌：pān-toh，設宴、辦酒席。
9. 著：toh，燃、燒、把燈點亮。
10. 粕：phoh，物體壓榨水分後的殘渣。

華台英俗諺俚語翻譯通

台 甘蔗無雙頭甜。
Kam-tsià bô siang-thâu tinn.

華 魚與熊掌不可兼得。

英 You cannot sell the cow and drink the milk.

22. ooh oh｜喔！請同學！

華台英
音字袂花去

清心
tshing-sim
peaceful
心無雜念

清心
tshin-sim
to be disheartened
寒心

請人
tshiánn--lâng
to treat
請客

倩人
tshiànn--lâng
to employ; to hire
聘僱

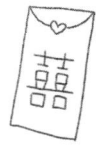

親情
tshin-tsiânn
marriage; wedding
relatives
婚事、親戚

問題討論

1. 你敢有贊成予外人來厝裡?為啥物?

2. 你敢有贊成生日的時,請同學來厝裡食雞卵糕?為啥物?

3. 你若欲請朋友來恁兜食飯,你會攢啥食的佮耍的?為啥物?

應答短文

公凡公,私凡私

我無贊成外人來厝裡,公凡公,私凡私,有內有外較好。若欲講代誌,佇工課場講就好,無就約咖啡廳講,較袂予人設計,跳入大港嘛洗袂清。可能你會感覺我按呢足無情,毋過我自細漢就誠站節,袂自動要求欲去人兜耍。同學若有相招,我一定共阮阿母講,嘛愛確定對方的阿母有佇咧。幾點去,幾點轉來攏先約予好勢,才是好人客。這款慣勢,我後來教囝嘛是仝這號原則。

無愛人來厝裡閣有一个原因,就是款厝加無閒的,無需要因為家己愛絞營(ká-iânn),害規家伙仔受罪,因為厝是欲歇睏的所在。閣較好的朋友,我嘛無可能共厝借伊蹛,一來臺北的厝較細間,俗飯店袂比得,驚無夠四序,我會歹勢。做好無賞,拍破愛賠,敢著替別人省錢,家己煞加了工?咱的個性閉思,朋友來厝裡就袂當穿甲傷清彩。為著家己的形象佮友情欲久長,保持妥當的距離較有美感。

　　我誠袂慣勢阮翁彼爿的親情無分內外,連錢、車、厝、用物、啉的茶、洗身軀的雪文攏濫來濫去,到今我猶是無法度適應。我袂加講話,毋過嘛袂予個來踏我的地盤。拄嫁過戀戀閣盡量配合,結果鬱卒甲欲死,翁嘛無咧共你帶念。這馬感覺免!攏免!一人一家代,莫委屈家己,較袂著內傷,才是正港的自在。

23. om ong onn op ok .....

草仔茂茂茂

你看　草仔發甲茂茂茂
你聽　石頭擲入水池仔丼丼丼
咱來樹仔跤耍掩咯雞[1]　你去覕　我先掩
啥人贏就會當領一个祕密禮物貴參參[2]

嘿　遐有花　隨春風舞動
我來挽[3]　你用手捧
送你滿天星　你是天頂上光的彼粒王
送你桂花　予你富貴永豐旺旺旺
送你茉莉　予你萬事順利閣健康
送你玫瑰　予咱的感情迷醉芬芳
逐種　攏有特別的祝福佮願望
逐蕊[4]　因為你　攏若芳芳芳的春風

你看　這隻蟲咧睏　咱來共貼貼唔唔[5]
你聽　邊仔彼隻嘛睏甲直直鼾[6]
安心仔睏乎　遠遠的湖邊　入夜有光點點的漁火
阮佇遮好玄　吵恁的眠　請莫講阮可惡

Tsháu-á Ōm-ōm-ōm

Lí khuànn! Tsháu-á huat kah ōm-ōm-ōm.
Lí thiann! Tsio̍h-thâu tàn ji̍p tsuí-tî-á tôm tôm tôm.
Lán lâi tshiū-á-kha sńg am-ko̍k-ke. Lí khì bih, guá sing om.
Siánn-lâng iânn tō ē-tàng niá tsit ê pì-bi̍t lé-bu̍t kuì-som-som.

Heh! Hia ū hue, suî tshun-hong bú-tōng,
Guá lâi bán, lí iōng tshiú phóng.
Sàng lí muá-thinn-tshenn, lí sī thinn-tíng siōng kng ê hit-lia̍p ông.
Sàng lí kuì-hue, hōo lí hù-kuì íng-hong ōng-ōng-ōng.
Sàng lí ba̍k-nī, hōo lí bān-sū sūn-lī koh kiān-khong.
Sàng lí muî-kuì, hōo lán ê kám-tsîng bê-tsuì hun-hong.
Ta̍k tsióng, lóng ū ti̍k-pia̍t ê tsiok-hok kah guān-bōng.
Ta̍k luí, in-uī lí, lóng ná phang-phang-phang ê tshun-hong.

Lí khuànn! Tsit-tsiah thâng teh khùn, lán lâi kā tah-tah, onn-onn.
Lí thiann! Pinn-á hit-tsiah mā khùn kah tı̍t-tı̍t kônn.
An-sim-á khùn honnh! Hn̄g-hn̄g ê ôo-pinn,
    ji̍p-iā ū kng-tiám-tiám ê gû-hónn.
Gún tī tsia hònn-hiân, tshá lín ê bîn, tshiánn mài kóng gún khóo-ònn,

拜託恁原諒　毋通氣駒駒[7]

你摸看覓　遮的草仔軟 sop-sop
我來做一頂古錐的帽仔予你對頭殼頂崇
予你遮日　免驚曝甲烏 lop-lop[8]
看著蝴蝶　嘛會當用帽仔輕輕仔歙[9]

遮閣有沙有塗　行　咱來起一間夢想屋
伊就是祕密禮物　有咱的天真佮純樸
獨獨有你有我　就是上幸福的王國
閣來做一个祕密花園　有鳥仔唱歌　啄　啄　啄
你聽　遠遠有鹿仔咧走相逐[10]　硞　硞　硞
咱手牽手　鼻花芳　看花鹿
聽蟲豸　耍塗沙　看草木
只要有你陪伴　永遠快樂

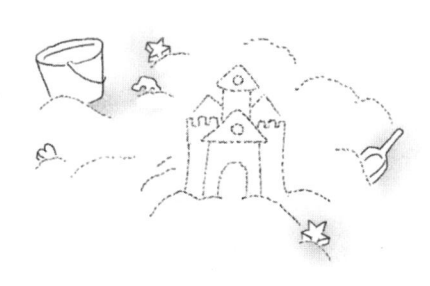

23. om ong onn op ok | 草仔茂茂茂

Pài-thok lín guân-liōng, m̄-thang khì-honn-honn.

Lí bong khuànn-māi, tsia ê tsháu-á nńg-sop-sop.
Guá lâi tsò tsit-tíng kóo-tsui ê bō-á hōo lí uì thâu-khak-tíng lop,
Hōo lí jia-ji̍t, bián kiann pha̍k kah oo-lop-lop.
Khuànn-tio̍h ôo-tia̍p, mā ē-tàng iōng bō-á khin-khin-á hop.

Tsia koh ū sua ū thôo. Kiânn! Lán lâi khí tsit-king bāng-sióng-ok,
I tō-sī pì-bi̍t lé-bu̍t, ū lán ê thian-tsin kah sûn-phok.
To̍k-to̍k ū lí, ū guá, tō-sī siōng hīng-hok ê ông-kok.
Koh lâi tsò tsit-ê pì-bi̍t hue-hn̂g, ū tsiáu-á tshiùnn-kua tok tok tok,
Lí thiann! Hn̄g-hn̄g ū lo̍k-á teh tsáu-sio-jio̍k, kho̍k kho̍k kho̍k.
Lán tshiú khan tshiú, phīnn hue-phang, khuànn hue-lo̍k,
Thiann thâng-thuā, sńg thôo-sua, khuànn tsháu-bo̍k....
Tsí-iàu ū lí puê-phuānn, íng-uán khuài-lo̍k.

A-oo Ē Oh Iû｜阿烏會學游

語詞註解

1. 掩咯雞：am/ng-kok-ke/kue，捉迷藏。
2. 貴參參：kuì-som/sam-som/sam，非常昂貴。
3. 挽：bán，採、拔、摘取。
4. 蕊：luí，朵，計算花的單位。
5. 唔唔：onn-onn，哄小孩入睡。
6. 鼾：kônn，打呼。
7. 氣呴呴：khì-honn-honn，很生氣。
8. 烏 lop-lop：oo-lop-lop，很黑。
9. 欱：hop/hap，用雙手合掌捕捉。
10. 走相逐：tsáu sio-jiok，賽跑，互相追逐的遊戲。

華台英 俗諺俚語譯通

台 相識滿天下，知心有幾人。
Siong-sik buán thian-hā, ti-sim iú kí jîn.

華 失ㄕ友ㄧㄡˇ易ㄧˋ，得ㄉㄜˊ友ㄧㄡˇ難ㄋㄢˊ。

英 A friend is not so soon gotten as lost.

23. om ong onn op ok ｜ 草仔茂茂茂

華台英
音字袂花去

捧水
phóng tsuí
to hold up water
捧水

捀茶
phâng tê
to hold up the teacup
端茶

棒球
pāng-kiû
baseball
棒球

奉茶
hōng-tê
to serve the tea
奉茶

月俸
guéh/géh-hōng
salary
月薪

問題討論

1. 逐个人攏有祕密。你敢會共祕密講予人聽？為啥物？

2. 你有了解你的好朋友佮意啥物無？為啥物？

3. 你敢有佮意種花草、飼蟲豸做寵物？為啥物？

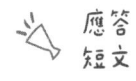

應答短文

祕密

　　人講好事毋出門，歹事脹破腸，若真正袂使共人講的代誌，閣較親的嘛莫講予伊知。自國小我就了解這層道理，你偷偷仔共同學講你佮意啥物人，叫伊保守祕密，後來出賣你的就是當初你信任、共講心內話的彼个。這款的心理，是因為逐家攏想欲做王，欲表示家己啥物攏知、比人較厲害。欲畫家己的地界，出賣別人的祕密上蓋緊閣免出力。逐家攏講「我共你講，你莫共別人講」，結果一喙傳一舌，一舌傳一耳，愈傳愈有一枝柄。

　　講是按呢講，毋過心內話無消敨驚會著內傷，猶原會共一寡心內話共同學抑是同事講，結果出代誌了後，江湖無道義，攏挨挨予你。明明料會著只要共一个講就規庄頭攏知，講出喙是自揣死路，毋過祕密就若祕結仝款，無放會破病，欲放是大拚血。

　　有祕密真正莫講較好，世間等欲看好戲的閒人較濟。上好是一世人清廉莫有祕密，就會當光明過日。問題是，人濟少一定有祕密，所以愛一世人注意，會當傳、無礙著的才講，若會害人害己袂當傳的，共你摃死嘛莫講。

24. un uan uann uang……

阿恩阿遠換心意袂閣嚾

阿恩個性真溫馴[1]
目屎會對腹肚吞
逐項代誌攏感恩
快樂自在一百分
徛佇海邊飼魚塭
釣魚會去挖杜蚓
食魚豆油嘛免搵
收魚疊甲規千盆
喝魚大聲免斯文
請無論買賣算分
有時出海揣鯨豚
若有歇睏踮山崙
上愛悉狗草埔翻[2]
摸著頷頸贏一分
伊和小弟名阿坤
細漢揣阿公比拳
阿公展招若笐黗[3]
猛虎煞難敵猴群
金孫無笨無鈍鈍

24. un uan uann uang ｜阿恩阿遠換心意袂閣嚷

A-un A-uán Uānn Sim-ì Bē Koh Uang

A-un kò-sìng tsin un-sûn,
Ba̍k-sái ē uì pak-tóo thun,
Ta̍k hāng tāi-tsì lóng kám-un,
Khuài-lo̍k tsū-tāi tsit-pah hun.
Khiā tī hái-pinn tshī hî-ùn,
Tiò-hî ē khì óo tōo-kún,
Tsia̍h hî tāu-iû mā bián ùn,
Siu-hî thia̍p kah kui tshing phûn,
Huah-hî tāu-siann bián su-bûn,
Tshiánn bô lūn bé-bē sǹg hun.
Ū sî tshut-hái tshuē king-thûn,
Nā ū hioh-khùn peh suann-lūn,
Siōng ài tshāu káu tsháu-poo phún,
Bong-tio̍h ām-kún iânn tsit hun,
I hām sió-tī miâ A-khun,
Sè-hàn tshuē a-kong pí-kûn,
A-kong tián tsiau ná tshíng-thûn,
Bíng-hóo suah lân-tik kâu-kûn,
Kim-sun bô pūn, bô tūn-tūn,

假做阿媽的聲韻
喝欲排骨焄竹筍
阿公乖順送圍裙
阿媽春風笑文文
阿孫煞起交懍恂 [4]
蝹蹛塗跤翹喙脣
雞母皮落兩三斤
食飽罰去鬥倒潘 [5]

阿遠個性真溫暖
你有困難伊聲援
你有躊躇伊判斷
功課勢寫無麻煩
對人尊存 [6] 無怨嘆
交陪誠懇袂反叛
看事感恩閣樂觀
做人和諧袂極端
拍拚認真業績懸
伶俐自動免人管
頭路拚勢好人員
偏財好運著彩券
某本天公會共攢 [7]

24. un uan uann uang | 阿恩阿遠換心意袂閣嚷

Ké-tsò a-má ê siann-ūn,
Huah beh pâi-kut kûn tik-sún,
A-kong kuai-sūn sàng uî-kûn,
A-má tshun-hong tshiò-bûn-bûn.
A-sun suah khí ka-lún-sún,
Un tuà thôo-kha khiàu tshuì-tûn,
Ke-bó-phuê lak nn̄g sann kun,
Tsiah pá huat khì tàu tò phun.

A-uán kò-sìng tsin un-luán,
Lí ū khùn-lân i sing-uān,
Lí ū tiû-tû i phuànn-tuàn,
Kong-khò gâu siá bô mâ-huân,
Tuì lâng tsun-tshûn bô uàn-thàn,
Kau-puê sîng-khún bē huán-puān,
Khuànn sū kám-un koh lo̍k-kuan,
Tsò-lâng hô-hâi bē kik-tuan,
Phah-piànn jīn-tsin gia̍p-tsik kuân,
Líng-lī tsū-tōng bián lâng kuán,
Thâu-lōo piànn-sè hó jîn-uân,
Phian-tsâi hó-ūn tio̍h tshái-kuàn.
Bóo-pún thinn-kong ē kā tshuân,

若是好額有存款
勤儉猶原好習慣
賰錢想欲買手環
送予溫婉的阿娟
嘛欲買厝買海灣
閣欲參加旅行團
追求幸福佮圓滿
欲共世界遊一環
嘛欲就近遊臺灣
感受臺灣的溫暖

阿恩阿遠是囡仔伴
穿仝領褲感情非一般
細漢相招去看雞呼蛋[8]
做竹銃　相掠閣相彈
六月飼魚流甲規身汗
十二月天剾風毋驚寒
有時相招去跙山
攑仝一枝雨傘
捀仝一塊碗
食仝一盤菜盤
啉仝一塊酒盞

24. un uan uann uang | 阿恩阿遠換心意袂閣噅

Nā-sī hó-giȧh ū tsûn-khuán,
Khîn-khiām iu-guân hó-sip-kuàn,
Tshun-tsînn siūnn beh bé tshiú-khuân,
Sàng hōo un-uán ê A-kuan.
Mā beh bé tshù bé hái-uan,
Koh beh tsham-ka lú-hîng-thuân,
Tui-kiû hīng-hok kah uân-buán,
Beh kā sè-kài iû tsı̇t khuân,
Mā beh tsiū-kīn iû Tâi-uân,
Kám-siū Tâi-uân ê un-luán.

A-un, A-uán sī gín-á-phuānn,
Tshīng kāng niá khòo kám-tsîng hui it-puann,
Sè-hàn sio tsio khì khuànn ke khoo-tuann,
Tsò tik-tshìng, sio liȧh koh sio tuānn,
Lȧk--gue̍h tshī-hî lâu kah kui-sin kuānn,
Tsȧp-jī-gue̍h-thinn khau-hong m̄ kiann kuânn,
Ū-sî sio tsio khì peh-suann,
Giȧh kāng tsı̇t-ki hōo-suànn,
Phâng kāng tsı̇t-tè uánn,
Tsiȧh kāng tsı̇t-puânn tshài-puânn,
Lim kāng tsı̇t-tè tsiú-tsuánn,

有時相招遊海岸
日時曝甲若人乾
兩人歡喜四界晃
有水泉就用水相濺 ⁹
兩箍食酒煞變款
麥仔酒一手閣一捾
醉甲茫茫茫閣傷肝
人喝個瘟神共門閂
食酒無乖是欲按怎

阿公勸個拍拚為前途向前闖
個才心思換　收跤洗手無閣四界嚯 ¹⁰

24. un uan uann uang | 阿恩阿遠換心意袂閣嗙

Ū-sî sio-tsio iû hái-huānn,
Ji̍t--sî pha̍k kah ná lâng-kuann,
Nn̄g lâng huann-hí sì-kè huánn,
Ū tsuí-tsuânn tō iōng tsuí sio-tsuānn,
Nn̄g khoo tsia̍h-tsiú suah piàn-khuánn,
Be̍h-á-tsiú tsi̍t tshiú koh tsi̍t kuānn,
Tsuì kah bâng-bâng-bâng koh siong kuann,
Lâng huah in un-sîn kā mn̂g tshuànn,
Tsia̍h-tsiú bô kuai sī beh án-tsuánn?

A-kong khǹg in phah-piànn uī tsiân-tôo hiòng-tsiân tshuàng,
In tsiah sim-su uānn, siu-kha-sé-tshiú bô koh sì-kè uang.

語詞註解

1. 溫馴：un-sûn，溫順、溫和、馴良、平和不粗野。
2. 翻：phún，翻滾、亂翻。
3. 筅黗：tshíng-thûn，打掃煙灰、塵埃。
4. 交懍恂：ka-lún-sún，受驚嚇、害怕或寒冷而發抖。
5. 潘：phun，廚餘、餿水。
6. 尊存：tsun-tshûn，禮讓、顧及，保留其地位及尊嚴。
7. 攢：tshuân，張羅、準備。
8. 呼蛋：khoo-tuann，母雞下蛋前發出的叫聲。
9. 濺：tsuānn，噴灑出來。
10. 嚾：uang，指不好的群體同夥集結、聚集。

華台英俗諺劇快譯通

台 老人老步定，少年較懂嚇。
Lāu-lâng lāu-pōo-tiānn, siàu-liân khah táng-hiannh.

華 嘴上無毛，辦事不牢。

英 Experience is the best teacher.

24. un uan uann uang｜阿恩阿遠換心意袂閣囉

華台英
音字袂花去

魚塭
hî-ùn
a fish farm
魚塭

搵料
ùn-liāu
the dip
沾醬

蝹塗跤
un thôo-kha
to huddle up
蹲地上

溫馴
un-sûn
tamed
溫和

瘟疫
un-i̍k
a plague
瘟疫

問題討論

1. 你結婚了後,敢有想欲佮大家官做伙蹛?為啥物?

2. 少年囡仔咧欲變歹,欲按怎叫伊著較乖咧?講看覓。

3. 你家己有改過自新的經驗佮故事無?你倚靠的力量是啥物?

應答短文

家己蹛

我認為結婚了後毋通佮大家官蹛,少年的有家己的生活佮挑戰較好。

喙齒有時都會觸著舌。十年就算一代,有無仝的習慣佮價值觀。若做伙蹛,序大人定定毋捌假捌,無就是好心牽教變烏白嫌,害少年的有夠冤,起冤家。新婦閣按怎講嘛是別人的查某囝,蹛做伙心內正港的想法著愛藏起來,誠袂自在。家己的後生會當罵、會當教,毋過新婦就無法度予你試鹹汫。閣少年夫妻感情熱唪唪,足濟大家官看人關佇房間就心肝凝,少年的嘛無法度自由自在表現浪漫佮愛意,大家官四蕊目睭是若電眼監視,欲彼號彼嘛足有壓力。

我知影有人選擇佮大家官蹛，是欲利用囡來炁孫，結果公媽疼孫，險仔倖甲變歹囝。老歲仔嘛無需要遐艱苦拖老命，予少年的家己蹛，囡仔家己晟，咱暗時就通睏予飽，假日嘛通去跙山，身體嘛才會勇健。

　　我毋是無血無目屎，翁親某親，老婆仔拋揬輪。佇現代，會當揣一个雙贏的做法，敲電話有視訊，抑是假日較捷炁囡仔轉去予序大人看。見面上好像演員遐勢搬戲，若大家官的意見無相仝，小演一下無要緊，一目金，一目瞌，對人客忍一下就過。莫蹛做伙，妥當的距離，絕對贏過逐工膏膏纏。毋過幸福的關鍵，愛看你是嫁著巧翁抑是戇翁。

25. ia mia nia ngia iann.....

阿娘迎媽祖

我日夜思念阿娘
盤山過嶺
趕欲回鄉的夜幫車
行李揹佇尻脊骿[1]
槖驚惶[2]　貯感謝

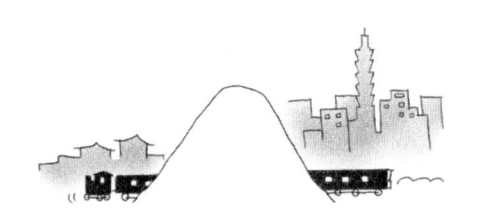

十八離鄉讀大學的遊囝
蹛宿舍　青春　快樂　奢颺[3]
半暝想阿娘　加倍孤單
霜凍日炙[4]　歡喜討厭　甜蜜心疼
日出日斜[5]　承擔難捨　春光暗影
攏半暝講予月娘聽　寫予日記知影
學阿娘　啊都戀戀仔做　準做命
人惹　箭射　刀割　人捶
目屎流煞　血若焦
成做琥珀金的松柏欉
因為我以阿娘善良的名向前行
啥物攏毋驚

A-niâ Ngiâ Má-tsóo

Guá jit-iā su-liām a-niâ.
Puânn-suann kuè-niá,
Kuánn beh huê-hiong ê iā-pang-tshia,
Hîng-lí phāinn tī kha-tsiah-phiann,
Lok kiann-hiânn, té kám-siā.

Tsȧp-peh lī-hiong thȧk tāi-hȧk ê iû-kiánn,
Tuà sok-sià, tshing-tshun, khuài-lȯk, tshia-iānn.
Puànn-mê siūnn a-niâ, ka-puē koo-tuann,
Sng tàng jit tsià, huann-hí thó-ià, tinn-bit sim-thiànn,
Jit tshut jit tshiâ, sîng-tam lân-siá, tshun-kng àm-iánn,
Lóng puànn-mê kóng hōo guȧh-niû thiann, siá hōo jit-kì tsai-iánn.
Ȯh a-niâ, ah to gōng-gōng-á tsò, tsún-tsò miā.
Lâng jiá, tsìnn sià, to kuah, lâng tshia,
Bȧk-sái lâu-suah, hueh nā ta,
Tsiânn-tsò hóo-phik-kim ê tshîng-pik-miâ,
In-uī guá í a-niâ siān-liông ê miâ hiòng-tsiân kiânn,
Siánn-mih lóng m̄-kiann.

二六嫁翁攑鱟桸⁶　拚三頓飽爾爾
手抱孩兒才知對阿娘的感謝
當咱有轎車⁷ 咧載囝
阿娘的跤頭趺⁸ 漸漸袂行
鳥仔囝學會曉飛過山嶺
鳥母煞無所在通徛通倚
閣較毋甘　嘛著遠遠看寶貝仔囝
跳過厝瓦　飛過山陵　一陵過一陵
囝的占錐佮笑聲
只賰無咧喨的電話聲

倚五十　囝離開爹娘
去讀大學　開創家己的性命
無晟囝⁹的重擔　無牽無掛
總算會當隨時起行　回鄉看阿娘
發覺家己少年過頭拍拚
開始有病疼　健康漸漸落崎
阿娘嘛老矣　我定定佇夢中驚惶
家己孤單徛佇故鄉咧走揣阿娘

五十正　頭改陪阿娘迎媽祖
才知影阿娘佇媽祖面頭前攏講啥

25. ia mia nia ngia iann │ 阿娘迎媽祖

Jī-la̍k kè-ang gia̍h hāu-hia, piànn sann tǹg pá niā-niā,
Tshiú phō hâi-jî, tsiah tsai tuì a-niâ ê kám-siā.
Tng lán ū kiau-tshia teh tsài kiánn,
A-niâ ê kha-thâu-u tsiām-tsiām bē kiânn.
Tsiáu-á-kiánn o̍h ē-hiáu pue-kuè suann-niá,
Tsiáu-bó suah bô sóo-tsāi thang khiā thang uá.
Koh-khah m̄-kam, mā tio̍h hn̄g-hn̄g khuànn pó-puè-á-kiánn,
Thiàu-kuè tshù-hiā, pue-kuè suann-niā, tsi̍t-niā kuè tsi̍t-niā.
Kiánn ê kóo-tsui kah tshiò-siann,
Tsí tshun bô teh liang ê tiān-uē-siann.

Uá gōo-tsa̍p, kiánn lī-khui tia-niâ,
Khì tha̍k tāi-ha̍k, khai-tshòng ka-tī ê sènn-miā.
Bô tshiânn-kiánn ê tāng-tànn, bô-tshian-bô-kuà,
Tsóng-sǹg ē-tàng suî-sî khí-kiânn, huê-hiong khuàn a-niâ.
Huat-kak ka-tī siàu-liân kuè-thâu phah-piànn,
Khai-sí ū pēnn-thiànn, kiān-khong tsiām-tsiām lo̍h-kiā.
A-niâ mā lāu--ah, guá tiānn-tiānn tī bāng-tiong kiann-hiânn,
Ka-tī koo-tuann khiā tī kòo-hiong teh tsáu-tshuē a-niâ.

Gōo-tsa̍p tsiànn, thâu-kái puê a-niâ ngiâ Má-tsóo,
Tsiah tsai-iánn a-niâ tī Má-tsóo bīng-thâu-tsîng lóng kóng siánn.

伊二八生我　求平安生一个好命囝
彼冬伊嘛開始守寡 [10]
我細漢　伊求予我努讀冊考頭名
我欲出嫁　伊求予我嫁好翁　大家官疼痛　生好囝
愛有厝　有車　做夫人　做大小姐
我做工課　伊求予我趁大錢　有通食　變好額
伊求予我的人生倒頭甜若甘蔗

第一改割香　我五十歲阿娘七十八矣
伊求愛會行　欲迎媽祖轉去港口宮外頭厝遐
伊欲多謝媽祖一世人共伊鬥顧囝
我五十歲佇阿娘的心內猶是幼囝

阿娘愛媽祖　因為媽祖愛伊的囝
我愛媽祖　因為媽祖陪阿娘
我欲學阿娘求媽祖　予阿娘的身體勇健無病無疼

25. ia mia nia ngia iann | 阿娘迎媽祖

I jī-peh senn--guá, kiû pîng-an senn tsit-ê hó-miā-kiánn.
Hit tang, i mā khai-sí tsiú-kuánn.
Guá sè-hàn, i kiû hōo guá gâu-thak-tsheh, khó thâu-miâ.
Guá beh tshut-kè, i kiû hōo guá kè hó-ang,
ta-ke-kuann thiànn-thàng, senn hó kiánn,
Ài ū tshù, ū tshia, tsò hu-jîn, tsò tuā-sió-tsiá.
Guá tsò khang-khuè, i kiû hōo guá thàn-tuā-tsînn,
ū thang tsiah, piàn hó-giah,
I kiû hōo guá ê jîn-sing tò-thâu tinn ná kam-tsià.

Tē-it kái kuah-hiunn, guá gōo-tsap huè, a-niâ tshit-tsap-peh--ah,
I kiû ài ē-kiânn,
beh ngiâ Má-tsóo tńg-khì Káng-kháu-kiong guā-thâu-tshù hia,
I beh to-siā Má-tsóo tsit-sì-lâng kā i tàu kòo kiánn.
Guá gōo-tsap-huè tī a-niâ ê sim-lāi iáu-sī iù-kiánn.

A-niâ ài Má-tsóo, in-uī Má-tsóo ài i ê kiánn.
Guá ài Má-tsóo, in-uī Má-tsóo puê a-niâ.
Guá beh oh a-niâ kiû Má-tsóo,
hōo a-niâ ê sin-thé ióng-kiānn, bô-pēnn-bô-thiànn.

感謝媽祖　感謝阿娘
自我出世到今
阮兄弟姊妹攏是個的心肝仔囝
我知影媽祖佮阿娘
攏永遠共阮惜命命

25. ia mia nia ngia iann ｜阿娘迎媽祖

Kám-siā Má-tsóo, kám-siā a-niâ,

Tsū guá tshut-sì kàu-tann,

Gún hiann-tī-tsí-muē lóng-sī in ê sim-kuann-á-kiánn,

Guá tsai-iánnn Má-tsóo kah a-niâ

lóng íng-uán kā gún sioh-miā-miā.

語詞註解

1. 尻脊骿：kha/ka-tsiah-phiann，背部、背脊。
2. 驚惶：kiann-hiânn，驚慌、驚恐、害怕。
3. 奢颺：tshia-iānn，大派頭、大排場。
4. 炙：tsià，曝、烤。
5. 斜：tshiâ，傾斜。引申為日落。
6. 鱟桸：hāu-hia，靠近。
7. 轎車：kiau-tshia，小型自用汽車。
8. 跤頭趺：kha-thâu-u/hu，膝蓋。
9. 晟囝：tshiânn-kiánn，養育子女。
10. 守寡：tsiú-kuá/kuánn，婦人於丈夫死後不再改嫁。

華台英俗諺劇快譯通

台 天公疼憨人。
Thinn-kong thiànn gōng-lâng.

華 吉ㄐㄧˊ人ㄖㄣˊ自ㄗˋ有ㄧㄡˇ天ㄊㄧㄢ相ㄒㄧㄤˋ。

英 A cat has nine lives.

25. ia mia nia ngia iann ｜阿娘迎媽祖

華台英
音字袂花去

背後
puē-āu
in the back
背後

揹冊包
phāinn tsheh-pau
to carry a schoolbag
背書包

偝巾
āinn-kin/iāng-kun
a cloth strap
嬰兒背帶

裱褙
piáu-puè/pè
to mount with paste
裱褙

疼痛
thiànn-thàng
to treature
疼惜

痛快
thòng-khuài
very joyful
快樂

A-oo Ē Óh Iû｜阿烏會學游

問題討論

1. 你感覺世間上好運的代誌是啥物？為啥物？
2. 你孤單的時會用啥物來陪伴家己？為啥物？
3. 人生是痛苦較濟抑是歡喜較濟？為啥物？

應答短文

阿烏會學游，自在閣自由

　　一日平安一日福，宇宙遐爾大，人遐爾細，無啥物好計較的，只要活落來就是上好運的代誌。有足濟代誌料想袂到，人無法度天子萬年。歡喜嘛一工，鬱卒嘛一工，咱就揀歡喜來過日子較好。若心情無爽快，就若像食毒藥仝款。科學有研究，你受氣抑是悲傷的時，身體就會放毒素，你無可能家己食毒素，煞叫別人死，所以受氣佮悲傷無路用，長期受氣會害死家己。咱拄出世的時啥物攏總無，天真無邪空空空，毋過世間若蹛久，定著會予日曝、雨淋，予蠓仔叮甲紅紅，若好運含笑忍耐，忍啊忍，忍著一个金石硞。若性命有進化，靈魂有提昇，就會啖著目屎甜蜜的鹹纖，彼時痛苦會變成食補，了解逐項代誌攏是天公的好意。

人講袂註生先註死，棺柴貯死無貯老，咱會使共逐工當做是上尾工，透早起來共家己講「誠歡喜閣活咧，閣趁著美麗的一工，我無遺憾」。紲落閣用 20 秒的時間，微微仔笑，按呢，定著啥物艱難攏有法度過五關。共時間提來笑佮感恩，就無時間怨嘆，啊都戀戀仔做，免驚，阿烏會學游，咱愛學快樂無所求，自在閣自由。

咱來讀讀
Lán Lâi Tha̍k Tho̍k

王秀容——著
林芸瑄——繪

資深多才情的台語人、本土語言傑出貢獻獎得主王秀容，精選十外冬的散文創作佮近期新作，配古錐、趣味有意境的插畫，集做這本台語有聲散文集《咱來讀讀》。伊用柔情貼心的健筆，書寫女性的心思；用深刻關懷的目神，記錄你我的生活；用溫婉靜美的喉音，細說世間的悲喜。伊斟酌的筆力，豐沛的感情，入耳的聲音，誠心開講家己的人生，嘛咧破讀逐家的動靜。伊用輕鬆、親切、有文學味、婚閣趣味的台語佮哲理，予咱有迎接未來的精神佮勇氣。

本冊閣有附三項寶貝：精彩的圖典、素養互動的提問佮 45 篇克漏字聽寫學習單。會使下載，配合逐篇的有聲朗讀多元運用，是文學欣賞、教學補充、認證準備、寫作訓練上蓋實用的寶典。

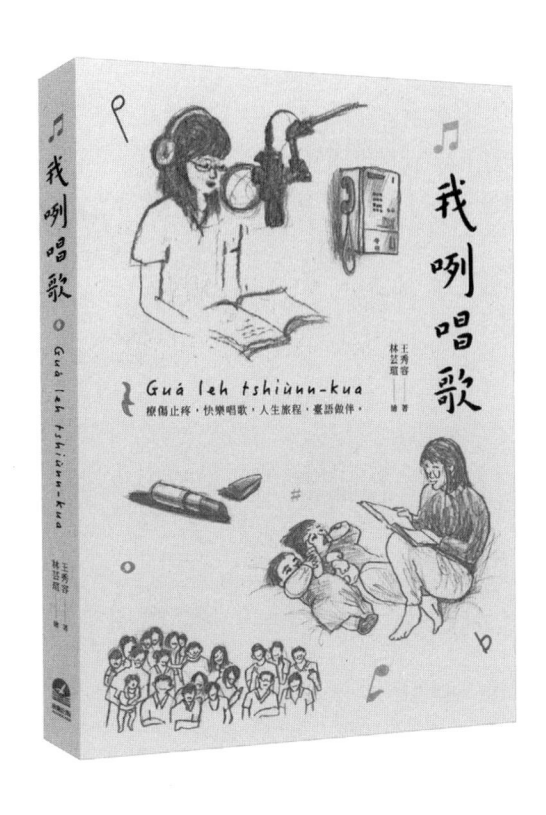

我咧唱歌

Guá leh tshiùnn kua

王秀容——著
林芸瑄——繪

散食囡仔變做台語博士　外文專業行入台文志業
勞苦業命體悟自由放下
一切　攏是愛攏是恩典　萬項　攏感謝天公伯仔

本土語言傑出貢獻獎得主、資深台語指導員王秀容，用簡單的文字、日常的話句，寫出伊頭一本台語有聲散文集。散食的囡仔時代、青春的讀冊歲月、溫暖的家庭故事、有甘有苦的婚姻經驗、勞苦的教師生涯、抗癌的艱苦病疼……，對出世四個月寫到五十歲。伊堅心為台語奉獻拍拚，活出有意義的性命，伊共人生每一擺的暗影佮奢颺，韌命佮認命，看破佮突破，用真心真情講故事予恁聽，用台文活筆寫出女性的運命，用台語嬌聲講出女性的心聲，欲招逐家做伙來傳承台語文、譜唱台語的美麗之歌。

國家圖書館出版品預行編目 (CIP) 資料

阿鳥會學游 A-oo Ē Oh Iû：台語故事有聲音韻詩 / 王秀容作. -- 初版. -- 臺北市：前衛出版社, 2025.06
296 面 ; 15×21 公分
台語漢字、台羅對照
ISBN 978-626-7727-04-1（平裝）

863.51　　　　　　　　　　114006433

阿鳥會學游 A-oo Ē Oh Iû
台語故事有聲音韻詩

作　　者	王秀容
有聲唸讀	王秀容
繪　　者	林芸瑄
責任編輯	鄭清鴻
美術編輯	李偉涵
封面設計	江孟達工作室
校　　對	顧怡君
錄音後製	擎天信使音樂製作有限公司
顧　　問	李勤岸

出版者	前衛出版社
	地址：104056 台北市中山區農安街 153 號 4 樓之 3
	電話：02-25865708 ｜ 傳真：02-25863758
	郵撥帳號：05625551
	購書・業務信箱：a4791@ms15.hinet.net
	投稿・代理信箱：avanguardbook@gmail.com
	官方網站：http://www.avanguard.com.tw
出版總監	林文欽
法律顧問	陽光百合律師事務所
總 經 銷	紅螞蟻圖書有限公司
	地址：114066 台北市內湖區舊宗路二段 121 巷 19 號
	電話：02-27953656 ｜ 傳真：02-27954100

出版補助　文化部 MINISTRY OF CULTURE　國家語言整體發展方案

出版日期	2025 年 6 月初版一刷
定　　價	新台幣 450 元
ＩＳＢＮ	978-626-7727-04-1（平裝）
E - I S B N	978-626-7727-03-4（PDF）
	978-626-7727-02-7（EPUB）

©Avanguard Publishing House 2025 Printed in Taiwan.

＊請上「前衛出版社」臉書專頁按讚，追蹤 IG，獲得更多書籍、活動資訊
https://www.facebook.com/AVANGUARDTaiwan

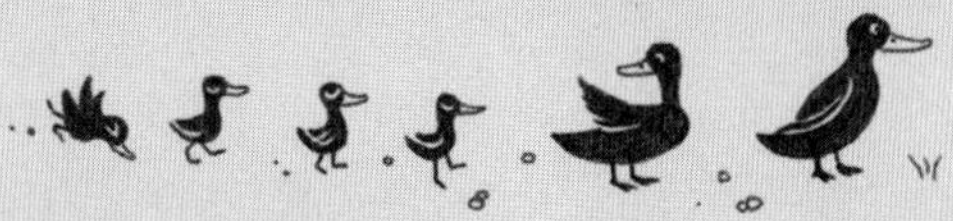

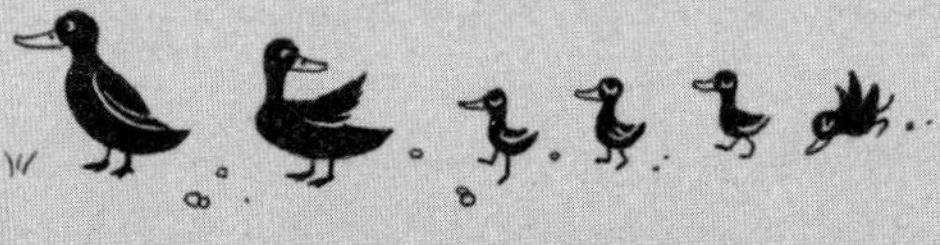

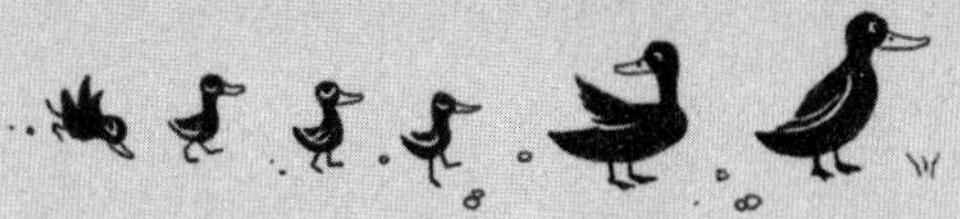

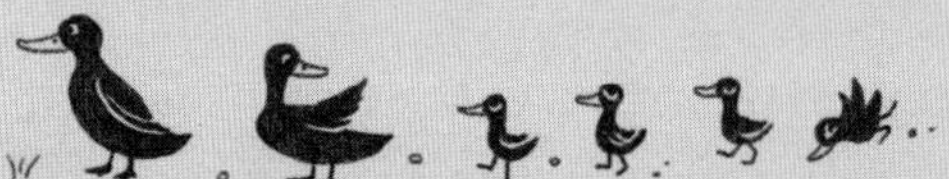